엘리야 전傳

엘리야 전傳

심종숙 시집

우리글

머리말

구약성경을 읽으면서 불과 정온의 예언자 엘리야를 만나게 되었다. 그는 기원전 9세기경 북이스라엘에서 활동하였던 예언자로서 원래 티스베의 사람이었으나, 하느님의 말씀에 따라 아합 왕의 왕비 대탕녀 이제벨의 칼을 피해 그릿 시냇가로 피신한다.

엘리야의 시대에 북이스라엘은 남유다와 갈라져 서로 반목하고 하느님 진리의 길을 저버렸으며 우상과 이방신에게 눈이 멀어 부정부패를 일삼았다. 필자는 제 나라 백성들에게 이방신을 강요하며 타락시킨 북이스라엘 왕이 그간의 우리나라의 권력가들과 크게 다를 바가 없다는 생각을 하였다.

이런 동기에서 엘리야의 시대와 작금의 정치적 상황이 비슷하게 생각되어 필자는 현명한 정치 지도자 또는 민족의 분단이나 전쟁 위기에서 구원해줄 새로운 영웅을 기다리는 마음으로 이 작품을 문학적 상상력으로 서사시 형식을 빌어서 창작해 보았다.

임금을 위한 거대한 궁전을 건설하면서 백성의 고혈을 짜내고 많은 부역자들을 소집한 솔로몬 왕, 그 이후 이스라엘 왕들은 그릇된 길을 걸었다. 왕국은 분열되어 정치적으로 불안하고 백성들의 삶은 피폐해져 갔다. 거기에다 기근까지 들어서 고통이 가중되었다.

이런 시대에 엘리야 예언자는 우상과 이방 신에게 눈이 먼 백성을 야훼신에게로 시선을 돌리게 하고 아합 왕에게 정의를 일깨운다. 엘리야는 하느님의 부르심_{시대의 부름}에 응답하여 길을 떠난 사람이었고 정온 속에 머물면서 스스로 하느님의 사람이 되어 그분의 뜻을 완수했던 예언자이다.

물론 필자는 엘리야 예언자에 대한 자료를 찾아보기도 하였다. 그리고 엘리야 예언자는 전설의 예언자이지만 그도 한 인간이었고, 무엇보다도 개인적으로 고난을 겪었던 사람이었을 것으로 상상하였다.

필자는 엘리야 예언자의 인간적인 측면이나 그의 심리상태에 초점을 맞추면서 영적이며 내·외적인 투쟁을 한 전사의 관점으로 기술하고자 했다. 이 투쟁은 카르멜 산 대결에서 절정에 이른다.

엘리야는 영적으로 도약하는 인간이 되어 야훼 하느님의 부르심에 기꺼이 응답하였다. 그리고 정의롭지 못한 왕에게 대항하고 우상에 빠진 백성을 일깨워 진리의 길로 나아가게 하였다.

한반도는 기나긴 민족 분단과 최근 전쟁 위기의 고조, 주변 강대국으로부터 도전을 받고 있다. 서사시의 에필로그에 시인은 엘리야와도 같은 예언자가 이 시대에도 출현하길 고대하면서 도도히 흐르는 요르단 강을 바라본다. 믿는 마음으로, 우리 민족에게도 통일의 문을 활짝 열어줄 구원의 메시아를 기다린다. 78년의 세월이 너무 길지 않았는가!

이천이십삼년 입추가 멀지 않은 날,
삼각산 아래에서

차례

프롤로그

어디로 가는가

떠나온 곳이 그리워 잠시 발길 돌리는 자여

선잠을 털고 일어나 머물러 있던 곳을 빠져나오는 자여

네가 비워두었던 곳과 네가 비워 둘 곳을

가늠하며 전사처럼 긴장의 시간을 팽팽히 당겼던 자들

언젠가 화살을 맞고 쓰러져

전장戰場에 뒹굴며 피 흘린 기억도

그날의 처참한 살육의 현장에 내렸던 궂은 빗방울

상처 구멍을 메웠네

싸우다 하나씩 마음의 팔과 다리를 잃어갈지라도

절뚝이지 않고 걸어온 용장勇將이여

가슴에 품어온 이상의 불은 푸르게 타오르고

내 안의 '나'와 죽기까지 싸우는 하얀 수염의 수도사처럼

백합의 순결과

걸인의 겸손과

어머니의 사랑을 품고

머리에는 천상의 세계를

빛나는 이마에는 예지를

입에는 황금의 혀를

가슴에는 타오르는 이상을 지닌 자여

어디로 떠나려 하는가

한 사람이 오고

한 사람이 떠날 때

하나의 전장이 오고

하나의 전장이 사라진다

인간의 싸움은 그치지 않고

세계는 전장

승자도 패자도 없는

소리 없는 전장 속에서

다만 허공에다 대고 칼을 겨누었을 뿐

그 허공은 그의 마음에 뚫렸던 빈 자리였다네

어리석은 자들이여

뚫린 거기에 너는 무엇을 채우려고 했느냐

우상들을 만들어 세우고 스스로 경배한 자여

칼로 쳐내거라

우상들을 부수어라

조각을 내고 티끌로 날려버려라

너를 지배하는 우상과 싸우지 않으면

너는 영원한 노예

일생을 사슬에 묶인 채 어둠의 굴에서

짐승처럼 울부짖으며

더러운 잠자리와

보잘것없는 음식을 먹으며

육신의 병고에 시달리며

영적 굶주림으로

끝없이 갈증을 느끼며

앙상한 두 손으로

목을 부여잡으며 소리치리라

형제들에 의해 이집트에 팔려간 요셉처럼

절망의 웅덩이에서

누군가의 손길을 기다리며

죽음의 올가미와 독사들

이리저리 피하며

차라리 죽음의 형제여 오너라 외치리라

그런 날들이 지나면

스스로 포기할 때

한 줄기 빛은 만신창이가 된 그 자리에 비추어

너를 포기하여라

너를 포기하여라

이제 내가 너를 살게 하리라

이제 내가 너를 살게 하리라

우상의 어둔 밤들은 지나가고

하늘을 받드는 흰 자루 옷 입은 이가

저 먼 곳으로부터 다가오네요

누구인가요

누구인가요

당신은 누구인가요

예전에도 본 적 없고

이제도 알 수 없는 분

눈부신 빛이 어둠을 밀어내고

몸을 칭칭 감았던 녹슨 사슬

한순간에 풀려

목숨 노리던

죽음의 올가미들과 독사는 사라졌네

오 참으로 내 눈이 내 눈인가

내 눈은 무엇을 보는가

보라 이 사람을

신비스런 빛에 둘러싸여

묶인 올가미를 풀고

사슬을 끊으시는 분

어제의 죽음은 가고

이제 온 새 삶을

마침내 꽃 피우게 하는 사람

당신은 누구인가

보라 이 사람을

제1부

왕국 분열

왕국 분열

소들이 흙길을 내달린다
한 소는 저는 다리로 넘어지기도 하며
등에는 피, 뿌연 먼지 속에서 일어나
무리의 틈바구니에 끼어
죽을 힘을 다해 달리다 쓰러진다

그 위에 다른 소의 억센 발자국이 지나가고
그들 눈에 쇠똥 무더기로 여겨져
디디면 붉은 것이 솟아오른다
짓이겨진 살점이 흙과 뭉개져 구르고
갈기갈기 찢겨진 가죽이 바람에 날린다

흥분한 소들이 한바탕 지나가고
먼지에 싸인 동네
불길이 치솟는다
불길은 불꽃을 피운다

무기를 든 자들 집집마다

거칠게 문을 걷어차 부순다
아직 눈곱도 떼어 내지 못한 늙은이
구부정한 허리 밑으로 두 다리 무시로 떤다

여명이 겨우 걷히고
가슴이 드러난 남자 뒤에
여자는 이불로 제 몸을 가린다
한 방의 화살에 남자는 기울고
여자는 능욕을 당한다

신발도 미처 꿰어 신지 못한 사람들
쫓겨 가 산중턱 낡은 산당 안으로 유폐된다
불안한 눈초리
공포로 떨고
검은 베일 쓴 여자가 일어나
드디어 최후의 심판 날이 왔다고
바알신의 심판 날이 왔다고 외쳐댄다

술렁이던 사람들
금붙이를 내놓으면
여자는 냉큼 주머니에 넣는다
알아들을 수 없는 말로

여자는 거짓 신과 교신한다
아이들이 울고
해수병 걸린 노인의 기침 소리 그치지 않는다

솔로몬의 평화가 그들의 발굽에 밟히고
심판 날을 알리는 펄럭이는 깃발들
도살되어 신들의 제단에 올려진 소들의 피
풀잎을 적시고 피비린내 나는 골짜기들
더럽혀진 여자들과 남자들
앞가슴을 풀어헤친 채 호수를 향한다
선조들의 입에서 입으로 전해져온
전설의 꽃이 피는 순간
물결이 사납게 일어나 울고
검게 진군해 오는 구름
타고 흘러내리는 빗물
물에 뛰어든 소들의 주검
물결에 끌려 들어가고
거기에 여자들과 남자들의 주검 주검들
호수는 모든 것 묵묵히 담고는
거칠게 파도치며 으르렁댄다
호수가 붉게 물들 때 그대들
초원을 버리고 떠나라

산꼭대기 제단으로

석조 건물의 네 기둥이
산 아래를 굽어보는 신전
신을 부르는 불꽃 꺼진 지 오래
제사장의 게으른 뱃살
음욕으로 부풀어진 창기들
제단 아래 비밀 통로 따라가면
금단의 파피루스가 핏덩이를 감춘다

신전의 창고에는 제물이
문밖으로 불거져 나와 있다
도망쳐 나온 몇몇 사람들
제사장 찾아가
심판 날을 알리자 귀찮은 듯 하품하며
문 닫고 들어간다
당신들의 일이니 당신들이 알아서 하시오

대대로 이 땅에서 밭을 갈고
포도를 수확해온 집 아들
그의 눈에 불이 일어나고 걷어붙인 팔
아세라 목상을 부순다

그러자 오랜 잠 속의 신전이

부스스 일어나

제 몸에 수천 개의 촛불을 밝힌다

순하디 순한 눈빛

가난하고 미천했으나

신과의 약속을 저버리지 않았던 그

개떼처럼 군인들

약탈한 전리품을 두고

다투며 서로 죽이다

모두 죽는다

거칠게 분노하던 호수가 잠잠해져

죽은 소들과 더럽혀진 남자와 여자들

편안히 수장된다

재앙의 날이 저물어

낡은 신전에 갇혔던 사람들

신전 여자에게서

기적을 기다리다 지쳐있을 때

열린 문 사이로

길게 비치는 저녁 햇빛

기적의 징후라고 여긴,
그 끝에 종지기 아들
사람들 마을로 내려와
잊고 있었던 그들의 신에게
속죄의 제물을 드린다
재를 뒤집어쓰고
자루 옷을 입고 단식한다

마흔 해 치세 동안
스무 해가 걸려
임금은 주님의 집과
레바논 수풀궁을 지었네
히람이 보내준 레바논 향백나무와 방백나무로
성전에는 청동 바다를 만들었네
그 위에 청동으로 만든
황소 열두 마리를 올렸네
바다는 물 이천 밧이 넘실거렸네
금으로 입힌 두 커룹들
오피르 금을 실어오던 히람 상선대도
거기에서 나는 자단나무와 보석
노래하는 이들의 비파와 수금
스바 여왕의 선물

곳곳에서 들어온 금 육백육십육 탈렌트
방패 하나에 금 세 미나 들여
레바논 수풀궁에 들여놓았네
큰 왕좌는 상아로 만들어 순금을 입혔네
세 해에 한 번씩 타르시스 상선대
금과 은 상아를 실어왔네

세상의 부
천상의 지혜
세상 그 어느 임금보다 뛰어났네
그의 병마와 군마
천사백 대와 만 이천 마리
임금 덕분에 예루살렘에는
은이 돌처럼 굴러다녔다네
집 짓는 향백나무
무화과나무만큼이나 많아졌네

그의 아내는 파라오의 딸
모압 여자와 암몬 여자
에돔과 시돈 히타이트
여러 외국 여자를 사랑했네
그녀들이 그의 마음을

그녀들의 신들에게로 돌려놓았네
임금은 왕족 출신 아내가 칠백 명
후궁이 삼백 명이나 되었네
그녀들과 사랑에 몰두한 임금
외국 여인들이 그의 마음을
우상에게로 돌려놓았네
바알에게로
아세라 목상에게로
세상의 부와 이방 여인들
천상의 지혜를 무디게 했네
임금은 늙어 아내들이 마음을 앗아갔네
아버지 다윗처럼
주 이스라엘의 하느님을 사랑하는 대신
금과 은 외국 여인들을 사랑했네
하늘이 주신 지혜는
여인들의 품에서 숨이 죽었네

우상에 눈멀어
시돈인들의 아스타롯
암몬인들의 밀콤을 섬겼네
예루살렘 동쪽 산 위에는 그모스 산당
암몬인들의 몰록 산당도 지었네

너희가 상수리나무 사이

모든 푸른 나무 아래에서

음욕을 피우며

골짜기 가운데 바위틈에서

자녀를 도살하는도다

그모스의 손 위에

겁에 질린 아이를 보았나

불로 태워져 고통 속에 죽어간 아이를

티로와 시돈의 항구도시

힌놈 골짜기에 모압인들의 그모스

젖과 꿀이 흐르는 가나안은

바알과 아스타롯 여신을 숭배한다며

신전 남창과 창녀들과 어울렸지

사람들은 더럽혀져

온갖 더러운 병들로 죽어갔네

이 모든 영화는 누구의 피였는가

임금의 온 이스라엘 부역 소집령

그 누가 거역하랴

부역꾼 삼만 명, 그들을 한 달에 만 명씩

교대로 레바논에 보냈네

그들은 레바논에서 한 달
집에서 두 달을 머물렀지
아도니람 부역감독
거기에다 짐꾼 칠만
돌 떼어내는 사람 팔만을 산속에 두었네
일감독 고급관리 삼천 삼백 명
부역군의 책임자
임금의 명령에 따라
크고 값진 돌을 캐내었네

이스라엘인들이 이집트 땅에서
나온 지 사백팔십 년
솔로몬 왕이 이스라엘을 다스린 지
사년 째 되던 해 지우 달
둘째 달에 성전 짓기가 시작됐네

성전은 길이가 예순 암마
너비가 스무 암마
높이가 서른 암마였네
그 후 솔로몬은 열세 해에
궁전 전체를 마무리 했네
거기에다 레바논 수풀궁을 지었네

길이가 백 암마

너비가 쉰 암마

높이가 서른 암마였다네

부역은 백성의 피

온 이스라엘인들이 멍에를 졌네

그 멍에는 무겁고 무거웠네

솔로몬의 두 건물

성전과 레바논의 수풀궁

스무 해가 걸려 완성되었네

티로 임금 히람이 준

향백나무와 방백나무

백이십 탈렌트의 금으로

에돔 땅 갈대바닷가 엘랏 근처

예츠욘 게베르에

임금은 상선대를 만들었네

히람이 보낸 숙달된 바다선원

오피르로 가서

금 사백이십 탈렌트를 실어와

솔로몬 임금에게 바쳤네

티로 임금 히람은

갈릴래아 땅의 성읍 스무 개를 받았네

티로에서 나온 히람
그 땅을 둘러보고
이게 뭡니까 하여
카불의 땅이라 불린
어둠과 가난과 질병과
호수에 의지하여
그날그날 살아가는
빈민들의 땅
죄악의 땅일 뿐이었네

밀로 궁을 짓고
예루살렘 성벽과
하초르와 므기또와 게제르를 세우기 위해
부역, 끝없는 부역을 시켰네
게제르는 파라오가 솔로몬에게
자기 딸을 시집보내며
지참금으로 준 땅
양곡 저장 성읍
병거대 주둔 성읍
기병대 주둔 성읍들을 세우고

예루살렘과 레바논
자기가 다스리는 땅 안에
세우고 싶은 건 다 세웠네

누가 이 일을 하였나
아모리 족과 히타이트 족
프리즈 족과 히위 족
여부스 족 가운데 살아남은 백성들
이스라엘인들의 노예가 되어
부역 당했네

이스라엘의 하느님은 노하셨다네
다른 신들을 따르지 말라고 했건만
계약과 명령을 어겨
내가 반드시 이스라엘을 너에게서 떼어
너의 신하에게 주겠다
네 아들의 손에서 이 나라를 떼어내겠다
나라 전체를 떼어내지 않고
나의 종 다윗과 이스라엘을
유다 지파만 네 아들에게 주겠다

솔로몬의 영화는 시들고

에돔 사람 하닷
엘야다의 아들 르존이
그의 적대자로 일어났네
하닷은 에돔의 왕손
이야기는 거슬러 올라가네

그 옛날 다윗이 에돔에 있을 때
장수 요압이
살해당한 이스라엘인들을 묻으러 갔다가
에돔의 남자들 모두 살육했네
여섯 달 동안 피바람이 불었네

아버지의 신하들과
이집트로 피신한 어린 하닷
미디안을 떠나
파란광야에 이르렀네
거기에서 장정 몇 사람과
이집트임금 파라오를 찾았네

임금은 집과 양식과 땅을 주었네
파라오는 하닷이 마음에 들었네
자기 처제 타흐프네스 왕비의 동생을 주었네

여인은 하닷에게 그누밧을 낳아주었네
그누밧은 이모의 궁에서
파라오의 왕자들과 자랐네

세월이 흘러 하닷은
다윗도 요압도 죽었다는 소식 듣고
파라오에게 귀향을 간청했네

르존은
자기 주군 초바 임금 하닷에제르를
버리고 달아나
약탈대의 두목이 되었네
다윗은 그들을 죽였네
다마스쿠스에서 정착하여
거기 임금이 된 르존
그는 솔로몬이 살아있는 동안
이스라엘에 대항했네

아람임금이 된 르존
이스라엘을 멸시했네
느밧의 아들 예로보암
그는 츠레다 출신 에프라임 사람

그는 과부 츠루아의 아들
솔로몬의 신하인 그가 임금에게 대적했네

임금이 다윗성의 갈라진 틈을 막을 때
그때는 임금이 밀로궁을 세웠을 때
힘센 용사 예로보암
요셉 집안 모든 강제노동의 감독으로
임금이 임명한 사람

그가 어느 날 예루살렘에 나갔다가
실로 사람 아히야를 만났네
아히야는 실로의 예언자
새 옷을 입고 있었네
넓은 들에는 둘뿐이었네

아히야는 입고 있던 새 옷을 움켜잡고
열두 조각으로 찢었네
그는 예로보암에게 예언을 내렸네
솔로몬의 손에서
나라를 찢어내어
예로보암에게 열두 지파를 주겠노라
한 지파만 그의 아들에게 주겠다고

솔로몬은 예로보암을 죽이려 했네
이집트 임금 시삭에게 은신한 예로보암
마흔 해 동안 솔로몬의 치세가 끝나고
그의 아들 르하브암이 임금이 되었네

소식을 들은 예로보암
백성들과 르하브암을 찾아갔네

당신의 아버지가 지운
무거운 멍에를 가볍게 해준다면 섬기겠소

르하브암은 백성의 종이 되어
섬기라는 원로들 의견을 버렸네
대신 함께 자란 젊은 지지자들을 따랐네

내 아버지 보다 더 무거운 멍에를 지게 하겠소
내 아버지는 그대들을 가죽 채찍으로 징벌하셨으나
나는 갈고리 채찍으로 할 것이요

통탄한 백성들
이사이의 아들에게서
받을 상속재산이 없다며

다윗 집안에 반역하였네
이렇게 시작된 왕국 분열
전쟁과 모반의 시작
느밧의 아들 예로보암
반란을 일으켜
왕국은 남 유다
북이스라엘로 갈라졌네

예로보암의 금송아지는 베텔과 단에
백성은 예루살렘 성전을 버리고
베텔 금송아지들에게 제물을 바쳤네
이스라엘 임금들은 우상을 섬겼네
이스라엘 임금 바아사는 나답을 쳐
예로보암 집안을 쓸어버렸네
아히야 예언자의 예언이 이루어졌네

바아사의 아들 엘라 임금에게
장수 지므리가 모반했네
임금이 궁내대신 아르차의 집에서
술 취해 있을 때 그를 쳐 죽였네
유다 임금 아사 제 이십칠년의 일이었네
예후의 예언은 이루어졌네

지므리는 오므리가 티르챠를 포위하자
왕궁 성채로 들어가 불을 지르고
그 불 속에서 타죽었네

이번엔 장수 오므리가 일어났네
이스라엘 백성은 둘로 갈라졌네
절반은 오므리를 임금으로
절반은 기낫의 아들 티브니를 임금으로
오므리를 따르는 백성이 우세했네

마침내 티브니가 죽어 오므리가 임금이 되었네
유다 임금 아사 제 삼십일 년에
오므리는 이스라엘의 임금이 되어
열두 해를 다스렸네
여섯 해는 티르챠에서
여섯 해는 사마리아에서
그도 예로보암의 길을 걸어
이스라엘을 죄에 빠뜨렸네

그 뒤 오므리의 아들 아합이
이스라엘 임금이 된 건
유다 임금 아사 제 삼십팔 년

아합은 시돈 임금 엣바알의 딸
이제벨을 아내로 맞아들였네
바알을 섬기고
아세라 목상을 만들었네

백성들은 믿을 수 없었네
그들의 임금들도
그들의 장수들도
임금들이 믿던 신들도

여기도 전쟁
저기도 전쟁

여기도 이방신들
저기도 이방신들

예루살렘 성전은 있으나마나
임금과 왕비가
경배하지 않는 목양신

대신 아세라 목상과
바알 신전을 세우고

음란한 짓들을 하며
백성들을 미혹하고
타락의 길로 이끌었네

임금과 왕비의 부정부패
임금과 왕비의 부도덕
자기들 손으로 만든
금송아지
목상에다
경배하라 명령했네

백성들의 마음은
흩어지는 양떼 같았네
넓은 초원에 의지할 곳 없이
흩어지는 양떼
서로 의견이 안 맞아 뿔로 박고
서로 양보 없이 물어뜯고
서로 먹이를 차지하려 싸우고
약한 양이 강한 양에게 먹히고
강한 양이 약한 양을 지배하고
이리저리 흩어지고
고향과 제 나라를 떠나

머나먼 광야를 지나
이리저리 흩어졌네
어떤 구심점이 없이
중심에서 이탈하여
하염없이 외부로 떠돌았네
희미해진 말씀의 씨앗을
품속에 품고
가련한 피붙이들과
낯선 곳을 향하여
나아갔다네

북이스라엘
남유다로 갈라져
동족끼리 칼을 겨누는 이 땅에서
백성들은
대체 나는 왜 이런 나라에 태어났나
대체 나는 누구인가
묻지 않을 수 없었네

셰마 이스라엘
셰마 이스라엘
아도나이 엘로에누

아도나이 에하

들으라 이스라엘
들으라 이스라엘
주님은 우리 하느님
주님 한 분뿐이시다

우리 민족
우리 역사
우리 전통
우리의 가르침
우리의 하느님은 어디에 있나

백성들의 피와 땀으로
일구어둔 포도원도
목초지도 비탄으로 젖었네
젖과 꿀이 흐르던 땅이
탄식하며 울부짖네
탄식하며 울부짖네

다윗과 솔로몬 왕
왕국 기초와 번영은

어디로 가고

예루살렘 성전에서 제물 드리며

즐기던 축제의 날들

포도주가 흘러넘쳐

몇 날 며칠을 먹고 마시며 즐기던

혼인잔치의 흥겨움

신랑이 친구들과 신부를 데리러 가던 저녁 무렵

베일을 쓴 신부가 신랑을 맞이하여

그녀의 친구들과 함께 신랑의 집으로 가던

그 밤의 설렘과 기쁨

골목은 횃불로 환해지고

수금을 뜯고

피리를 불며

노랫소리 울려 퍼졌던 평화로운 날들

온 공동체가 들뜨던 평화로운 날들

어디로 갔느냐

흐르는 젖과 엉긴 젖

벌들의 꿀

올리브 기름

들에 누렇게 익던 밀이삭

풍요의 노래는 어디로 가고

수금을 뜯고 비파를 켜며
애가를 불러야 하느냐
언제까지 기름 바르지 않은 몸으로
탄식의 흐르는 눈물을 닦아야 하느냐

제2부

기근의 땅

기근의 땅

무화과나무 이파리 시들고
포도원의 포도 줄기가 마르네

엘리야는 길앗의 티스베 사람
이스라엘 임금 아합에게 말했네

내 말이 있기 전 몇 해 동안
이슬도 비도 이 땅에 내리는 일이 없을게요

무서운 예언의 말
언젠가 이루어지는 그 말
그 때는 유다 임금 아사 제삼십팔 년
오므리의 아들 아합의 치세였네
그는 사마리아에서 스물두 해 동안 다스렸네
페니키아 시돈인들의 임금 엣바알의 딸
대 탕녀 이제벨을 아내 삼아
바알을 섬기고 예배했다네

사마리아, 죄로 가득한 이방인들의 땅
어둠 속에서 신음하던 백성들의 땅에
바알 신전 제단을 세웠네
남신의 짝 아세라 목상 만들어 경배했네
경배는 아세라 목상의 풍만한 젖통과
두툼한 둔부에로
음란의 제의로
신전의 창기들과 간음하는 무리들
바위틈에서 음란의 꽃 피우고
다산과 풍요와 성의 여신
티엘의 배우자 신으로서
모든 신들의 어머니 신으로서
70여신들의 어머니

베텔의 히엘이 세운 예리코
예루살렘 성전을 버리고
주님의 집을 버리고
솔로몬이 세운 주님의 집은
유다 지파만 경배했네
나머지 지파들은 베텔과 단
금송아지와 아세라 목상
바알을 섬겼네

눈에 보이는 신에게
제사를 지내는 그들
아이들을 산 채로 태워죽이고
신전 창기들과의 음란이 경배였네
인신을 제물로 바치는 무자비한 백성
신전 창기들과 타락에 물든 백성
이스라엘 하느님의 분노는 자라났네
전쟁에서 승리하여 도취된
새 수도 사마리아
자기만족에 빠져 야훼를 배신하고
상아의 집 왕궁에서 이제벨을 아내 삼았네
이제벨은 거짓 예언자 수백 명을 먹여 살려
바알의 신전에서 우상숭배를 전파했다네

엘리야는 그의 하느님을 생각하면
가슴에 불이 타올랐다네
그는 뜨거운 사람
그는 하느님의 사람
이스라엘의 병거兵車
이스라엘의 기병
그는 사랑의 불 회오리 바람을
가슴에 품은 사람

그의 불로 백성들은 거룩해지고
그의 불로 정의와 힘없는 자들이
희망을 얻었네
평화를 사랑하는 나봇
그의 포도밭을 빼앗고 살해한 아합 왕
엘리야는 왕의 회개를 재촉하였네
왕은 회개하였으나
이제벨은 엘리야를 죽이겠다고 하였네
엘리야는 죽음의 공포 속에서
그릿 시냇가로 피신하였네

예언대로
몇 날을
몇 달을
이슬도 비도 내리지 않아
풀은 마르고
무화과 이파리는 타며
포도 줄기는 말랐네
무화과는 열리지 않고
축제를 들뜨게 할 포도는 열리지 않고
혼인잔치를 기쁘게 할 포도주도 떨어지고
포도 확에 가득한 건

포도 알 대신 내리쬐는 햇볕뿐
포도 확에 든 포도 알을
어깨 걸고 밟으며 부르던 노래 들리지 않고
포도 확에서 쏟아져 나오던 포도즙도 없이
포도즙을 넣을 통도 없이
창고에 넣어 발효할 일도 없이
사람도 짐승도 목이 마른 갈증뿐
올리브나무도 말라갔으니
올리브 열매 맺지 않아
압착 기계에 넣을 올리브 열매도 없어
압착 틀에서 번져 나오는 기름도 없어
목욕 후 아가의 몸에도 발라줄 수 없고
여인의 향기로운 살갗에도 바를 수 없구나

밀은 흙 속에서 말라
곡식을 타작할 타작마당은 비고
이삭 줍는 여인들도 없는 황량한 밀밭
가라지마저도 검게 타들어가는구나
어디서 도움이 올까
산들을 우러러 눈을 들어도
구원은 어디에서 올까
기다리는 이들의 마음에

비라도 내리면 좋으련만
비를 몰고 오는 구름은 없고
햇볕만 내리쬐는구나

아주까리 잎은 말라
불그죽죽한 줄기만 앙상하게 말라붙었네
구원은 오리라 주님한테서
하늘 땅 만드신 그분한테서
양들이 먹을 우물도 마르고
초원의 풀들도 마르니
목자는 우노라
양 치는 아이의 눈동자에
슬픔이 배었어라
아아 기근의 땅
땅이 갈라지고 뿌옇게 먼지 되어
텅 빈 들판에 횅하니 바람만 부는구나

광야를 가로질러
바람에 검불이 날리는 속에서
보라
한 사나이가 오는구나
오기로 예정되어 있는 사람

흰 머리와 흰 수염이 바람에 흩날리며
몸에 털이 많고 허리에 가죽 띠를 맨 사람
보라 이 사람을

예전에 엘리야는
고향 티스베를 떠나
요르단 강 동쪽 그릿 시내에서
아합 왕과 이제벨을 피해 숨어 지냈네
주님은 까마귀에게
아침에도
저녁에도
빵과 고기를 날라주게 했네
먹을 것을 내려주지 않는다면
이 기근의 땅에서 어찌 배겨낼까

엘리야란 이름은
나의 주님은 야훼라는 뜻
그는 역사의 질곡 속으로
불린 사람이었네
그는
주님을 찾는 이들의 아버지
예언자들의 아버지였네

그릿 개울가 동굴에서
밤이면 불안과 공포
낮이면 빛나는 희망 대신 절망 속에서
그는 하느님 야훼를 찾았다네
고독이 마음을 갉아먹고
주림이 육신을 갉아먹고
믿음마저 흔들려 야훼께 분노가 일 때
임은 그를 버리지 않았다네

그릿 개울은 그에게 젖줄이 되었고
까마귀들이 날라다 주는 빵과 고기로
임의 징표를 보았네
그제야 엘리야는
그분의 자비를 깨우쳤네
고독과 주림에서
임과 단둘이 있음으로써
빛과 힘을 얻었네
위대한 사명을 위하여

그러나 기근이 더욱 심해
시냇가 물도 말라버렸네

이제벨은 바알과 아세라 목상을 섬기고
주님의 예언자를 죽이려 했네
아합의 궁내대신 오바드야가
몰래 오십 명씩 두 동굴에 숨겨주었네
빵과 물로 연명하던 주님의 예언자들
피신생활 하였네

오 주여
원수들이 나를 뒤쫓아 오나이다
이 몸 숨을 곳을 주소서
당신은 나의 피할 바위
당신은 나의 피신처
당신은 나의 요새
나를 지키시는 방패와 산성

오 주여
지극한 두려움 속에서
나를 구하소서
오로지 당신 위해
모든 것 버려 당신이 나의 전부이나이다
오직 구원은 당신의 손에 있기에
당신께 의탁하나이다

오 주여
저들의 올무에서 나를 구하소서
저들의 칼에서 나를 구하소서
저들의 추적에서 나를 구하소서

사렙타로 가거라
사렙타로 가거라

엘리야는 임이 일러준 대로
홀로 피신하였네
험난한 그 길을
오직 님의 부르심으로
그분의 말씀에 순종하였네

거기에 사는 한 과부가
너에게 먹을 것을 주도록 해놓았다

바알의 배우자 아스타롯 여신의 땅
시돈의 사렙타

일어나 그 땅으로 가거라

제3부

사렙타의 여인

사렙타의 여인

시돈의 성읍
이방인들의 땅으로
그릿 시냇가를 떠나 사렙타로 온 엘리야
몇 날을 걸어
성읍을 들어섰을 때는 한낮이었네
한 여인이 절망의 얼굴을 하고
여기저기 헤매며 땔감을 줍고 있었네
메마르고 뜨거운 바람이 불었네
의지할 데 없이
지아비를 잃고 외아들과 살아온 여인
가련한 한 여인과 마주쳤네

그 곁에 어린 소년의 맑은 눈동자
낯선 히브리 늙은이
엘리야의 눈빛과 마주쳤네
야위고 먼 길 걸어온 엘리야
지친 나그네의 모습
옷은 흙먼지로 더럽혀지고

맨발에 그의 고통이 달려왔네

간밤에 잠을 못 이룬 여인
기근의 땅엔
밀도 자라지 않고
단지에 바닥을 드러내는 밀가루
흙으로 만든 기름병에도
기름이 없네
외아들을 끌어안고
밤새 눈물 흘리던 여인
살 길이 없어
먹을 게 더 이상 없어
죽음이 엄습하는 모자
밤새 한잠을 이루지 못한 여인
배고파 지쳐 자는 외아들 바라보다
깜박 잠들었네

꿈속에
울지 말아라
오늘 너희 집에
하느님의 사람이 찾아오리라
그를 맞아들여라

너와 네 아들이 살리라

그 목소리
굵고 힘찬 소리에 놀라 잠깨어 보니
바깥에는 어느새
두려운 어둠이 가고
문틈으로
한 줄기 햇살
스며드는 동이 터왔네

아침을 굶고
때를 거르는 게 일상이 되어버린
불쌍한 여인
눈을 떴으나
배고픔에 힘없이 누워있는 아들
생기 잃은 눈동자를 들여다 보다
간밤의 목소리
다시 떠올렸으나
귓가에서 무력해지는 그 소리

그래 마지막 남은 밀가루로 반죽하여
아들과 먹고 같이 죽자

그 길밖에

입술을 깨물고
허기진 배를 안고
지독하게 내리쬐는 태양을 원망하며
불안스레 여인은 바깥을 나왔네

사방을 둘러보아도
하느님의 사람은 보이지 않았네
꿈과 현실의 벌어진 틈에서
여인의 한 가닥 희망은
이제 절망으로 체념하고
마지막 한 줌의 밀가루로 빵을 굽자
구워서 아들과 먹어야겠네
장작 두어 개를 주우러 가자

아들아
들리느냐
저 죽음의 소리가
우리를 부르러 오는구나
바깥에는 풀들이 시들고
나무 열매도 없이

내리쬐는 햇볕에
쉬이 지치건만
가자
오늘 하느님의 사람이
우리에게 온다 하였느니라

메마른 땅에도
이슬이 내려
곡식들이 싹을 틔우듯
타들어 가는 우리 마음에도
구원은 오겠지
두려운 마음에도
구원은 오겠지

먼 길을 걸어
지치고 목마른 엘리야는 여인에게
나에게 물 한 그릇을 주시오
목이 마르다오
가련한 노인의 눈빛
갈라질 대로 갈라진 발
흙먼지 속을 헤쳐 온 지친 몸
그러나 얼굴에는 굳은 결기

절망 속에서도
구원을 기다리는 여인
눈빛과 마음이
어떻게 서로 생명의 길을 내었을까
마음은 눈빛을 읽고
눈빛은 마음에 길을 내어
걸어 들어가 거룩한 영이
임재 한 그곳에
희망이 숨쉬기 시작하였네

여인이 물을 뜨러가려 하자
나에게 빵 한 조각 주오
엘리야의 임은 하나를 더 청하셨네
여인은 말했네
구운 빵이라고는 한 조각도 없어요
단지에 밀가루 한 줌과
병에 기름이 조금 있을 뿐
지금 장작 두어 개 주워다가
음식을 만들어 아들과 먹고
죽으려고요

고통 속에서 용기가 샘솟았던 것일까

처음 본 히브리 늙은이에게라도
다가오는 죽음을 털어놓은 여인

눈이 퀭하고
이마에는 수심
얼굴에는 그늘이 머문 여인은
굶주림에 지쳐있었네
그녀의 바구니는 비어있고
그 빈 바구니처럼
젊은 여인의 힘없는 목소리에
엘리야는 말했네
두려워 마시오
당신에게 죽음은 이제 갔소
음식을 만드시오
날 위해 과자 하나를 구우시오
그리고 당신과 당신 아들을 위해
음식을 만들구려

오랜 기근으로
먹을 것조차 없는 땅에
죽음이 물러가다니요
어르신의 신께서 살아계신다면

죽음도 물러가고
기근도 물러가
비가 내려
초목이 다시 푸르러지고
소들은 풀을 뜯겠지요
이스라엘의 하느님께서 말씀하시오
주님이 땅에 비를 다시 내리는 날까지
그대의 밀가루 단지는 비지 않고
기름병은 마르지 않을 것이요

여인은 가서 엘리야가 시키는 대로 하였네
주님의 말씀대로
단지에는 밀가루가 떨어지지 않고
기름이 마르지 않았네

이름도 없는 여인이여
하느님의 사람으로
절망에서 희망으로
죽음에서 삶으로
슬픔에서 기쁨으로
탄식에서 환희로
바뀐 여인이여

가난하지만
가진 것 다 나누어준 여인이여
그 이름도 모르는 사렙타의 여인

엘리야는 여인을 따라
그녀의 집으로 갔네
젊고 마음씨가 고운 여인
그를 위해
과자를 굽고
빵을 구웠네
그러는 사이
그녀의 외아들은 물병에서
물을 떠다 그의 갈증을 풀어 주었네
맨발로 걸어온 그의 고통
소년은 물을 부어주었네
따라온 그의 고통이
물에 씻겨나갔다네

바깥에는 어느덧 해가 저물어가고
하나 둘 등불이 켜지는데
가난한 식탁에 둘러앉아
그들은 빵을 나누었네

가뭄에도 귀한 야채도 곁들여 먹었네
어젯밤만 해도 죽음이 찾아들던 이 집에
누가 왔는가
하느님의 사람이 머물러
집을 둘러싼 기운이 밝고 맑아지네
여인의 부엌은 가난하지만
윤기 나는 살림살이
천정에는 길게 늘어진 마른 과일들
계단 아래에는 물병과 가재도구들
밀가루 단지와 기름병들
부엌 가구들 무엇 하나
흐트러짐 없는 손질에 담겨 있는
정결한 마음
지아비를 잃고
임을 그리며
수절하는 여인의
정갈한 마음결이
문틈으로 들어오는 햇살과 같아라
그녀의 작은 나눔에
엘리야의 하느님은 감동하였네

엘리야는 배불리 먹고 마시고는

여인의 집 다락방에 인도 되었네
침상이 놓인 그곳이 그가 숨을 곳이었네
주님의 예언자를 찾아내어 죽이려는
대탕녀 이제벨을 피해
엘리야는 사렙타의 과부 여인네에서
몸을 피했다네

여인은 손님을 맞아들이고
그에게 빵을 나누어 주고
그에게 다락방을 내어주었네
마지막 지닌 것을 내어놓은 여인의 용기
하느님은 그녀의 빈 단지를 채워주셨네

나 주님께 의탁했더니
나 주님을 충실히 따랐더니
주는 나의 원 들어주셨네
먼 길 걸어 성읍에 이르니
마음결 고운 여인의 집에
머물 거처 주셨네
그녀가 내어준 다락방
거룩한 영께서 머물러
나와 함께 계시는 곳

나의 피신처
나의 쉴 곳

여인은 어르신의 방에
등불을 밝혀주고 내려왔네
어느 새 아들은
마지막으로 구운 빵을 먹고 잠들었네
낯선 노인에게
물을 떠주던 아들
고운 마음을 지닌 아들은
이제 잠들었네

여인은 잠을 이루지 못했네
단지에는 한 줌의 밀가루마저도 없어졌네
기름도 비었네
그러나 엘리야의 말을 믿고 싶었네
믿는 마음에 구원이 있다는 걸

문밖에는 굶주리는 이들의 신음소리
비가 내리지 않는 길가에는
먼지와 검불만 일뿐
죽음과 같은 어둠에서

누가 백성을 구하랴
하느님의 사람이
가장 비천한 여인에게 왔으니
그녀의 구원은 햇빛 되어 오리라

다음날
아침을 준비하러 나간 여인은
깜짝 놀랐네
밀가루 단지에는 하얀 밀가루
비었던 기름병에는 흐르는 듯한 기름

가련한 여인은 행복한 여인이 되었네
삼 년의 기근에 먹을 것 넉넉하고
하느님의 사람이 다락방에 머물렀네

여인을 옥죄었던 두려움
여인을 괴롭혔던 죄책감
여인의 마음을 좀먹었던 고독

이제 여인은 두려움 대신 자유를
이제 여인은 죄책감 대신 당당함을
이제 여인은 고독감 대신 충만감으로

퀭했던 눈이 생기로 반짝이고
처진 어깨는 반듯하고
입술에는 노래가
볼에는 홍조가 돌아왔네

하느님의 사람은 온유함과
하느님의 사람은
형형한 눈빛 속에 빛나는 예지
하느님의 사람은 진중한 행동으로
여인을 감동시켰네

그녀는 부지런히 집안을 돌보면서
그녀는 하느님의 사람을 숨겨주었네

엘리야가 여인의 집에 오자
다음날부터 마을 사람들이 찾아왔네
그들은 하느님의 사람에게 청하였네
어떤 이는 먹을 것과 입을 것을
어떤 이는 지혜를
어떤 이는 치유를
어떤 이는 의견을
어떤 이는 축복을

그 때마다 엘리야의 하느님은

그들이 돌아갈 때 발걸음을 가볍게 했네

그들은 구하기 위하여 빈손으로 오지 않았네

과부의 집에는 밀가루와 기름이 떨어지지 않았네

기쁨 뒤에 또 슬픔이 찾아오는가

육은 빵으로 연명하였으나

이번에는 그녀의 가장 귀한 걸 앗아가셨네

어느 날 여인의 아들이

병약한 그녀의 아들이

끝내 죽어 통곡할 때

엘리야의 가슴은 찢어지듯 아팠네

외아들을 잃은 여인은 울음을 그칠 새 없어라

죽은 임이 남기고 간 한 점 혈육

여인은 제 정신이 아니었네

하느님의 사람이시여

당신은 저와 무슨 상관이 있기에

제 죄를 기억하시고

당신의 하느님이 아들의 목숨을 가져갔단 말입니까

여인의 절규는 엘리야의 가슴을 찔렀네

그는 여인과 함께 울었네

엘리야는 과부의 품에서 아이를 받아 안고
자기의 방으로 올라갔네

소년은 머리에 화관을 쓰고
온몸을 끈으로 동여매고
수의를 입었네
이미 염을 하고 곡을 하였기에
손에는 방울이 들려있네

아이를 침상에 누이고
그는 주님께 부르짖었네

주 저의 하느님
당신께서는 제가 머물고 있는
이 집 과부에게까지 재앙을 내리시어
아들을 죽이셨습니까!

아이 위로 세 번 자기 몸을 펼치고
또 부르짖었네
주 저의 하느님
이 아이 안으로 목숨이 돌아오게 해주십시오

주님께서 엘리야의 간청을 들으셨네
아이가 되살아나
그는 기쁨에 넘쳐 아이를 안고
다락방을 내려왔네

보시오 당신의 아이가 살아났소!
엘리야는 기쁨으로 소리쳤네

여인은 말했네
이제야 저는 어르신께서 하느님의 사람이시며
어르신 입으로 전하신
주님의 말씀이 참되다는 것을 알았습니다

하늘에는 봄의 부활을 알리네
죽음에서 부활로
소년은 되살아났네
전지전능하신 하느님의 능력으로
소년은 숨이 돌아왔다네

시돈지방 사렙타는 아스타롯 여신을 믿는 곳
여인은 아들이 아프자 그 여신에게 빌었네
여신은 우상일 뿐

인간을 창조한 신이 아니네
아들의 생명이 돌아오자
여인은 믿었네
엘리야의 하느님을
그의 하느님이
참되다는 걸 믿었네

삼 년을 사렙타의 이름 없는 여인의 집에서
하느님의 선택된 예언자는 머물렀네
하느님의 예언자를 돌봐줘야 하네
가난하든 부유하든
가진 걸 내어놓고 그를 맞으면
하느님은 그와 함께 하네
그와 함께 하시는 하느님이
그를 맞아준 이의 처지를 그냥 두시겠는가
그의 처지를 아시는 하느님은
가장 가련한 이로
그분의 권능을 드러내신다네

사렙타의 이름 없는 여인은 누구인가
그 이름 없는 여인은
엘리야의 하느님을 굳게 믿었네

자신의 우상 신상을 부수고
그녀는 엘리야의 하느님을 믿었네
지아비를 잃은 상처
지아비를 잃은 고독
홀로 외아들을 키운 고뇌로부터
사람들의 괄시와 천대에서
그녀는 놓여났네
엘리야의 하느님을 믿는 마음으로
그녀에게는 기근 속에서도
구원을 얻었네

.

제4부

카르멜 산의 대결

카르멜 산의 대결

세월이 흘러
기근이 든 지 삼 년째가 되었을 때
밤의 고요 속에서 야훼는 말했네
가서 아합을 만나라
분명하고도 가슴을 꿰뚫는 그 말씀
엘리야는 삼 년을 지내온 방을 둘러보았네
잦아드는 등잔의 불빛
밤 깊은 침묵이 흘러드는 그의 마음
떠나야겠구나
언제 또 이 마을에 오랴
기약 없이 떠나는 내일
다가올 일에 쌓이는 걱정
마음은 두려움으로 떨었네
깊은 잠이 든 여인과 아들
정든 모자를 떠나
나는 또 어디로 가야한단 말인가
슬픔의 이별 대신 잠든 사이
동 트기 전에 떠나자

엘리야는 다짐하며 자리에 누웠네
누우니 떠오르는 건 지난 추억들
우아한 여인의 옷자락 소리
조용한 그녀의 미소에
엘리야는 애가 끓어
잠을 이룰 수 없었네

주님 말씀 따르며 예까지 왔으니
이 몸은 그분의 것
한 여인의 것이 될 수 없다네
내가 떠나고 그녀는 어떻게 살아갈까
이제 제법 큰 아들을 의지하며
그녀는 살아가겠지
나에게 아내의 사랑을 보여준 여인아
장미처럼
백합처럼
아름답고 향기로운 여인아
향 기름 바른 머리와
훈 향내 나는 긴 옷자락
걸을 때마다 더욱 짙은 향내는
한 때 마음에 품었던 여인의 향기
이제 이 모든 것과 이별이다

날이 새고 이름 모르는 새는

이별을 슬퍼하는구나

울어라 새여 내 여인의 깊은 사랑을 울어라

울어라 새여 내 마음 깊은 슬픔을 울어라

이윽고 오지 말라던 아침은

밤의 어둠을 걷어가고

엘리야는 몰래 다락방을 내려와

거적 데기 문밖으로 나왔네

여인이여 그대의 아들과 부디 행복하라

내 주님이 그대들을 지켜주시리라

엘리야는 뒤돌아보지 않고

서둘러 걸어 마을이 보이지 않을 때까지

쉼 없이 걸었네

얼마나 걸었을까

임금의 상아궁전이

멀리 뿌연 안개 속에서

거대한 모습을 드러내었네

주님이 하신 말은

내가 땅 위에 비를 내리겠다

이제 기근이 지난다

초목들이 목을 축이고

내리는 비에 춤출 날이 다가온다

사람들과 짐승들
풀들과 나무들을 태운 기근은
죽음의 기근은 물러가리라

아합은 엘리야에게
이스라엘을 불행에 빠뜨린 자라 했네
엘리야는 말했네
임금님과 임금님의 집안이
주님의 계명을 저버리고
바알을 따랐기에 불행에 빠졌지요
그러면서 바알 예언자 사백오십 명과
아세라의 예언자 사백 명도 모아 달라고 했네

아합은 사람을 보내어
거짓 예언자들을 카르멜 산으로 모았네
엘리야는 큰 소리로
당신들은 언제까지 양다리를 걸치고
절뚝거릴 거요
하느님이요
바알이요

백성들은 침묵했네

주님의 예언자로 살아남은 이는 나 하나
이제 우리에게 두 마리의 황소를 끌어다 주시오
한 마리씩 토막 내어 장작 위에 올려놓고
불을 붙이지 말고
신의 이름을 부릅시다
어느 신이 대답하는지
불로 대답하는 신이 바로 하느님임을

백성들은 선조의 입에서 입으로 전해 들었네
이집트에서 탈출하던 때 이야기를
파스카의 밤에
죽임당한 양들의 피로
문설주에 발라
죽음의 신은 조상들 집을 지나가고
이집트인들의 맏아들을 쳤네
집집마다 자식 잃어 통곡하는 소리를
죽음과 생명이 교차하는 밤에
바람도 불지 않는 밤에
사신은 형체도 소리도 없이 와서
짐승의 맏배와 사람의 맏아들을 데려갔네

자식 잃어 통곡하던 그 밤
이스라엘 백성들은 이집트인들에게 졸라
금붙이 은붙이 보석들을 털면서 탈출했네
이걸 줄 테니 제발 우리 땅에서 나가시오
당신네 신이 이겼소
탈출해 나오느라
누룩을 띄울 겨를이 없어
그 밤에 무교 빵을 만들어 먹고
노예 살이 누추한 거처를 버리고 떠났네
그 밤을 기리기 위해
대대로 내려오는 파스카 축제일에는
누룩 없는 빵과 쓴 나물을 먹곤 했지

모세가 이끌던 광야의 사십 년
가나안 땅을 향하여
파라오의 압제를 피해
갈대바다의 마른 땅을 걸으며
해방의 노래를 불렀네
고난의 신 광야에서
시나이 광야까지 가는 동안
아침에는 만나
낮에는 구름기둥

밤에는 불기둥으로
주님이 인도하셨다네
광야의 사십 년 동안
백성은 마음이 변하여
금송아지를 만들어 경배했었네
이집트의 노예 살이를 그리워도 했네
보이지 않는 신을 어떻게 믿을 수 있나
백성들은 야훼신을 배반했네
보이지 않는 건 믿을 수 없다고

탈출이 끝나고
이방인들과 전투 속에서도
이스라엘에 팔을 들어 주셨던 야훼
가나안에 정착하고
이방인들의 땅에 살면서
백성들은 야훼신의 은혜를 잊어갔네
밀을 심으며
아스타롯과 아세라를 경배했네
눈에 보이는 목상을 만들어
그 지아비인 바알을 섬겼네
조상들의 하느님과
이방인들의 신을 섬기면서

눈에 보이지 않는 야훼를 배반했네
두 마음을 지닌 백성들
하느님의 계명을 잊고
마음을 돌려버렸네

백성들은 엘리야의 말에
감도를 받아
그가 하는 걸 지켜보았네
그들은 보이지 않으면 믿지 않네
우상을 숭배하는 그들 마음
이 대결에서 버리지 못하면
그들은 평생을 목상에 끌려 다니네

오 대결의 날
이 높은 카르멜 산에서
우리의 하느님은 산에서
우리를 만나주실 거네
완고하며 갈라진 마음을 찢고
열어라 마음을
비워라 욕심을
들어라 음성을
보라 그 분의 권능을

하느님이 누구신가
우주를 만드시고
인간을 흙으로 지으신 분
사람을 사랑하시는 분
부정부패
불의를 심판하시는 분
왕 중의 왕이시며
권세 있는 자도
그 자리에서 내치시는 분
최고의 참다우심
최고의 선하심
최고의 아름다우심

그 하느님은 보이지 않고
우리 마음에 계시며
사람과 사람을 통해
사람 안에 내밀한 것까지도
들여다보시는 분
그 사람들에게 사랑의 씨앗을 뿌려
사랑으로 결실을 맺게 하고야 마시는 분

흩어진 사람들을 하나가 되게 하시고

둘로 갈라진 나라와 민족을
하나 되게 하시는 분
갈라진 마음을 붙여주시고
상처 난 마음을 고치시며
두 마음이 하나 되어
사랑으로 행동케 하여
구원하고 살려내시는 분

보이지 않는다고
없다고 말하는 학자들
있는지 없는지 모르겠다는 철학자들
백성은 눈이 먼 채
하느님 섬기는 본분을 잊고
갈팡질팡하네

하느님과 사람은 하나여서
사람이 하느님이 되고
하느님이 사람이 되어 나타나는 진리를
그 참 진리를 따르도록
그 누구도 가르쳐주지 않아
백성들은 눈 뜨지 못하고
잠들어 있었네

다만 들에 시들어 가는 풀처럼
오늘도
내일도
기약 없이
기근의 혹독한 재앙에
시달리며 희망 없이
살아가고 있었네

바알 예언자들의 눈가림이
이끌어온 과거와 현재는
미래를 어둡게 하고
소들이 미친 듯 내달려
죽음의 호수로 가듯
백성들 무리를 데리고 가네
서로 속이고 배반하다
서로 싸우고 죽이다가
우상에 경배하다가
공멸의 그 어둠 속으로
내쫓기는 이들

바알 예언자들은
아침부터 한낮까지

바알의 이름을 애타게 부르며
절뚝이며 제단을 돌았네
대답이 없기에
그들은 더 큰 소리로 신을 불렀네
칼과 창으로 몸을 찌르며 피를 흘렸네
곡식제물을 바칠 때까지 예언 황홀경에 빠졌네
아무 대답 없는 바알신

엘리야는 백성들을 가까이 불렀네
무너진 주님의 제단을 고쳐 쌓았네
이스라엘 열두 지파 수대로 돌들을
그 위에 놓았네
그 둘레에는 도랑을 팠네
장작을 쌓고 그 위에다
황소를 두 토막 내어 올렸네
네 항아리의 물을 세 번이나
번제물과 장작더미에 부었더니
그 물이 제단 둘레로 넘쳐흐르고
도랑까지 가득 채웠네

아브라함과 이사악과 이스라엘의 주님
당신 말씀에 따라 제가 이 모든 것 했음을

그들이 알게 하소서
양다리 걸치고 절뚝이는
눈먼 당신 백성들에게 대답해 주소서
대답하시어 이 백성이
당신이야말로 하느님이심을 알게 하소서
당신께서 그 마음 돌이키게 하셨음을 알게 하소서

눈 멀고
귀 멀어
마음이 완고하고
보이는 것만 따르고 의지하며
바알과 아세라를 섬긴 죄 많은 백성이
오늘 그 탐욕과 죄에서 해방되게 하소서
외세를 믿고
그들의 헛된 가르침을 의지하다가
나라는 둘로 나누어져
서로 칼을 겨누고
아래 장수가 왕을 거슬러 대항하고
북이스라엘과 남유다는 서로 싸우네

백성은 마음의 갈피를 잡을 수 없네
선조들의 가르침과 전통이 희미해져 가고

몰록과 아세라 바알과 아스타롯
그모스 손에 아이를 바치고
죽어가는 아이의 우는 소리가 귀에 들리네
누가 진짜 신인지
누가 가짜 신인지

하느님은 우리 믿음을 시험하시네
하느님은 우리 믿음을 시험하시네
먼 옛날 아브라함에게 하신 것처럼
이사악을 바치듯
우리들에게 그분은 뭘 원하시는가
우상을 섬겼던 부정한 마음을 부수고
야훼 하느님께 마음을 돌려
정결케 하여 하느님을 믿으라

아아, 신은 무엇인가
보이지도 않는 신은 무엇인가
신은 정의인가
신은 선인가
신은 참인가

우리는 무슨 신을 믿었는가

그저 삼시 세끼 빵을 얻고
풍요와 다산을 가져다주는 신이면 된다
무슨 진리니
참이니 거짓이니 정의니 하는가
보이지 않는 신을 섬기라니
그 섬김을 위한 예식들은 무언가
그 예식을 잡고
그걸로 잡도리하는 자들은 무어란 말이냐
율법학자와 사제들

우리들이 뙤약볕에 포도를 가꾸고 거둬들여
다리가 저리도록 포도 확을 밟아서
얻는 한 방울 두 방울 포도주는
우리들의 피 한 방울 두 방울
그들은 아는가
우리들의 피와 땀을
우리들이 올리브를 키우고 거둬들여
손톱 밑에 피가 나도록 껍질을 까고 까서
기름틀에 넣고는 고혈을 짜듯
한 방울 두 방울 기름을 짜낼 때
우리들 몸의 피와 땀을 짜고 짜냄이라
하늘이여 이 고통을 아신다면

이 고통에서 해방시켜 줄
신들은 어디에 있는가
태초에 에덴에서 쫓겨나와
한평생 땅을 갈아붙여
먹고 살아가야 하는 고통을
여인들은 자식을 낳는 산고와
지아비와 자식과 집안에
살과 피를 먹히는 고통을
신이시여 당신이 아신다면
해방시켜 주소서

우리들이 양떼를 이끌고
이 초원 저 초원으로
철마다 옮기면서
정든 고향 땅을 떠나
사랑스런 가족을 떠나
사나운 들짐승과 싸우며
양떼를 지키며
목이 마를 때
풀잎에 젖은 이슬을 먹고
딱딱한 돌들을 베개 삼아
추위와 더위를 견디면서

고독할 때

넓고 넓은 하늘을 올려다보며

탄식과 비탄에 젖으면서도

딱딱한 빵과 신 포도주를 마시면서도

두고 온 아내와 눈망울 초롱 한 자식들을

그리워하는 날

우기를 피해

건기를 피해

바삐 양떼를 몰아가면서

양떼를 지키는 게

나를 지키고

가족들을 지키고

이웃들을 지킴이라 여기면서

들판에서 시름에 젖어

풀피리나 수금을 뜯으면서

한가할 적 울적한 마음 달래는

우리들의 일상

누가 그 탄식의 시간을 알리요

양들의 맏배들 중에

실한 것을

해마다 정성스레

야훼 하느님 성전에 바침은

목양신인 그분이
우리가 양떼를 지켜주듯
우리를 양떼처럼 지켜주길 바라는
소박한 바람이었어라

이 기근 중에
나라와 민족은 둘로 나뉘어져
끝없이 일어나는 모반들
이 틈에 넘보는 이민족들
아아, 힘없는 우리는 어쩌란 말이냐
어떻게 살란 말이냐
그저 양을 잘 치기 위해
신선한 목초지를 찾아 떠나고
그 목가적인 평화 아래
그늘진 노역
밀을 거두어들이는 남자들과
이삭을 줍는 아낙네들
무화과나무 그늘 밑에
쉬는 노인들의 지줄 대는 수다들
시간을 소일하는 일상들
아이들이 뛰어놀고
우리 조상들의 가르침대로

철마다 씨 뿌리고
그걸 거두어들이는 유월절의 축제와
과월절 해방의 기쁨을 누리고 기리기를
더 바라지도 않고
더 원하지도 않고
평화로운 나날에
배고프지 않고
살 집과
걸칠 옷만 있으면 될 삶을 살고 싶어라
백성들은 혼란스런 나라 일에 두려워 떨고
임금의 왕비 이제벨
조상들 신의 예언자들을 처참하게 죽이고
아세라 목상에다 절하며
순수하고 소박한 백성들을
타락의 구렁으로 몰아넣는구나

응답해 주십시오 주님!
저에게 응답해 주십시오!

백성들은 숨을 죽이며
지켜보는 가운데
엘리야의

뜨거운 기도에
간절한 기도에
주님은 응답하셨네
하늘에서 불길이 세차게 내려왔네
번제물과 장작도
돌도 먼지도 삼켜 버렸네
도랑의 물도 불의 혀로 핥아버렸네

백성들은 흥분 속에서 놀라며
얼굴을 땅에 대고 엎드려 부르짖었네
주님이야말로 하느님
당신을 모르고 우상에 눈멀었나이다
용서하소서 주여

엘리야는 외쳤네
일어나 바알 예언자들을
하나라도 놓치지 말고 사로잡으라

백성들이 사로잡아 오자
엘리야는 키손 천으로 끌고 가 죽여 버렸네

백성들이 돌아가고

정온靜穩에 머무른 엘리야

야훼께 비를 내려달라고 기도하였네

절망속의 백성에게 비를 내려 달라고

엘리야의 하느님은 응답하시어

멀리 바다 수평선에서

작은 구름이 올라오더니

순식간에 구름과 바람으로 캄캄해져

큰 비가 내렸네

엘리야는 아합에게

비가 쏟아지는 소리가 들리니

이제는 올라가 음식을 드십시오 하였네

그 후 아합은 병거를 끌고 이즈르엘로 갔네

제5부

광야에서

광야에서

가뭄이 끝나고
아합은 엘리야가 한 일과
바알 예언자들을 죽인 일을
이제벨에게 알렸네

이제벨의 심부름꾼이 말하길
내가 내일까지 그대의 목숨을
그들의 목숨과 한 가지로 하겠소 하고
왕비께서 말하였소

엘리야는 두려웠네
목숨을 구하고자 피신하였네
유다 지방 브에르 세바에 이르러
시종을 남겨두고
홀로 하루 길을 더 걸어
광야로 나갔네
싸리나무 아래로 들어가 앉았네

사람들은 길이 막힐 때 광야로 가지
모든 걸 버리고 광야로 들어간 현인들
바위투성이 땅
그 바위는 엘리야가 직면한 벽이라네
관목만이 빈 바람에 무심히 흔들리는 마른 땅
곡식이 자랄 수 없는 광야
일생을 하느님의 종으로서
열정을 다해 왔건만 목숨은 경각에 달렸네
엘리야는 그 분을 만나고 싶었네
괴로운 마음을 안고
이제벨의 칼을 피하여 바위투성이 땅에 숨었네
메마르고 바위투성이 땅이 그를 숨겨주네
이 광야는 누가 걸었던가
이집트의 압제에서 탈출한 백성들의 거처였네

엘리야는 광야의 싸리나무에 들어가 숨어서
죽기를 간청했네
주여 이것으로 충분하오니 제 목숨을 거두어 주소서

기근이 걷히고
땅에서 다시 씨앗들이 싹을 틔우고 있었네
씨앗은 땅을 나무라지 않았지

척박한 곳으로 떨어져도 뿌리를 내린다

눈을 들어 보니

광야의 싸리나무 밑에는

연녹색 새싹이 돋아나고 있었다

씨 뿌리는 계절이 오면

씨앗들은 무엇을 그리워하는가

흙에 스며들어 뿌리를 내리고 싹을 내는 길이다

그 길처럼 나는 걸어왔다

길 없는 길을

야훼의 이끄심은 가슴에 불을 일으켰다

고향 티스베를 떠나 그릿 시냇가에 몸을 숨기고

까마귀가 가져다준 음식과 시냇물을 먹으며 살았지

밤에는 늑대가 울부짖고 그 늑대는 내 안의 고독한 늑대

바람이 불던 어느 날 환청 속에서

나는 내 안에서

목에 갈기 달린 수늑대의 처절한 울부짖음에 몸서리쳤지

바깥에는 우상 숭배자들

이제벨과 결탁하여 내 목숨을 노린다

꿈속에 그들은 검은 구렁이가 되어 내 몸을 조여 온다

오로지 성령의 불 칼로 베어지는 구렁이들

생각하니 처절한 싸움

부르심 받고 달려온 길이었네

그 길은 나에게 세속을 등지게 하였네

이 세상에서 존재하되 존재하지 않는 자

피신 속에서 때로는 광야로 때로는 사막으로

의기소침하여 움츠러들었던 날

차라리 죽기를 바라며 그러나 죽을 수도 없었던 날

자신과 싸우는 동안 이 싸리나무 그늘은

나를 숨겨주고 가려주었지

내리쬐는 햇볕에

인간이 살 수 없는 이 땅이 나는 편안하다네

이제벨의 하수인들이 달려오는 말발굽 소리

들리지 않는 이곳

아합 왕의 끝없는 욕망을 이뤄주는 이제벨

임금과 왕비는 백성들의 적이 되었네

민족의 정신을 몰아낸 자리에 우상을 들여

우상의 지시대로 움직이는 왕과 왕비

노하신 주님의 불로 된 벌을 받고도

참회가 없는 이제벨

나의 목에 칼을 겨누네

거짓 예언자들을 궁에다 불러 먹이던 이제벨

참다운 예언자들을 죽이는 사탄의 세력

오소서 주여 나에게 오소서

극심한 고통에서 부르짖나이다

평생을 부르심에 기대어 달려왔나이다
이 가련한 나그네에게

잠결에 천사가 나타나 흔들어 깨웠네
일어나 먹어라 하며 흔들어 깨웠네

뜨겁게 달군 돌에다
구운 빵과 물 한 병이 놓여 있었네
먹고 마신 뒤 다시 누웠네

길 위의 길은 언제나 끝이 없었지
지친 몸으로 옮기는 발
먼지투성이 되어 갈라지고
쓰린 상처엔 피가 번져 나와도
가지 않으면 안 될 이 길
오직 창공만을 바라보며
마음을 진정시키며
흐르는 눈물도 닦으며 가는 길
누런 황야의 늑대는 바위 위에서 달에게 짖는다
밤에 들리는 그 소리는 두려움과 공포를 갖게 하지
극도의 긴장으로 심장이 얼고 위는 굳어진다
숨을 죽이고 길게 메아리치는 고독이 우는 소리

내 안에서 나는 소리였느니

차라리 늑대여 달에게 짖다가 대답 없는 메아리

광야에 희미하게 뿌리는 달빛은 무엇을 만드는가

높고 낮은 산과 들을 달리는 바람소리에

울음소리는 귀를 때린다

산은 삼각표를 이루고

나무의 검은 가지들은 공중에서 무연히 흔들린다

바람이 전해주는 환청의 소리

아내는 산고로 땀범벅이 되어

고통의 신음 소리를 크게 내뱉고는 고개를 늘어뜨렸다

산파의 수고에도 보람 없이

낳은 아이는 숨도 제대로 쉬지 못한 채

어디로 갔느냐

둘의 육신이 땅에 묻히고

그 땅을 밟으며 떠나는 길 위에서

나는 무엇을 물으며 예까지 왔느냐

묻지 않을 수 없는 날들

붉은 장미의 얼굴이 핏기를 잃고 굳어가는 육신

아내는 한 덩이 나무토막이 되어 쿵 대지에 쓰러졌네

하루 세 번 작은 몸에 올리브기름 발라주면

재롱부릴 아이는 어미와 함께 들어간 무덤에서

둘은 꿈도 꾸지 않은 채

고요 속에서 녹아내리는 뇌수

물로 흘러내리고 살은 흙이 되어갔네

한 송이 장미는 죽어 땅이 묻히고

아직 피지 못한 꽃망울과 함께 바람 속에서 말한다

당신의 길을 가세요

우리는 우리의 길로 갈 테니요

오지 마세요 여기는 당신이 올 수 없는 곳

먼 훗날 야훼의 자비로 천상에서 만나요

어쩌란 말인가

태를 묻고 자란 땅을 두고

어디로 가란 말인가

마음의 실타래 얽히고설켜 풀 길 없는 어둠

얼굴 없는 어둠이

소리 없는 어둠이

냄새도 없이 질식시키는 어둠이

머리는 온통 하얗게 되고

이성은 빛을 잃고

욕망은 어디로 내어달리는가

조절 능력을 잃은 감정은 폭발

눈물이 하염없이 흐르고

가슴엔 알 수 없이 끓어오르는 분노

알 수 없는 적에게

물처럼 흐르는 날들에서

원망과 상처로

칼을 들이대고 살아있음을 저주하면서

무기력과 침울

잿더미처럼 변하는 사물들

회색빛과 낮게 드리운 하늘의 납빛 구름

마음을 짓눌러

언젠가 보았지 양치기 소년의 곁에서

그 발아래 있었던 돌

그 밑에는 뿌리를 내린 밀 이삭

가는 줄기가 짓눌려 휘어진 몸

내 몸은 휘어져 사지는 너덜너덜

동체는 붕붕 뜨고

머리는 이상한 환영이 소리 없이 떠오르고

그 환영는 끊어지다 이어지면서

가끔 사라졌다가 떠오르다가

희끄무레 한 돌 벽에서 미끄러지는 물상들

던져지는 말들, 말씀과 이상한 외침이

내 안에 두 개의 실체가

돌아가면서 나를 농락하였지

심장은 뛰고 가슴 속에는 메마른 바람

생명력이 없이 한순간 날아오르는 돌풍

가슴을 치고 휭휭 세차게 불다가

소리 없이 사라지는 가슴

비어지면 견딜 수 없어

미친 듯 발은 그릇된 곳으로 걸어간다

뛰어간다

잘한다 잘해

그래야지

유혹하는 소리는 계단으로 정원으로 거리로

아무도 모르는 곳으로 나를 데려갔지

붉은 등 여인은 벌거벗고 누워

순간 내 정신은 다시 돌아와

되돌아 나오는 등 뒤에서

악마의 혀는 어떻게 목을 감았던가

보이지 않는 거쿨진 손 뿌리치고 내달렸지

새벽이 밝아오는 그 골목

희뿌연 안개 속에 내 몸을 숨길 때

안개가 숨을 쉬더군

말을 걸더군

당신은 어디에서 오는 길인가요

숨어요 숨어

집에서 뛰쳐나가라고

누가 소리 질렀나요

그건 바로 나

내 안의 다른 나

분열된 마음

의식의 강에는 무의식과 의식

경계를 뛰어넘고

쏟아져 나오는 말

흥잘됐군그래잘됐어차라리죽어버려같이따라죽어버려살
아서뭐해사랑하는사람잃고살아봐야허깨비인생너는이미죽
은거나다름없어관을갖다주랴레위가뭐냐섬긴다고뭘섬겨그
잘난목양신풀이나뜯어먹는양치는목자강력한바알을아세라
를믿어신은너를버렸어넌죄받은거야너의인생은실패야되돌
릴수없다이제벨은조상들율법을어기고제손으로사제와예언
자를뽑지목양신받드는너따위는필요없어널죽여버릴테다

씨-씨---눈알이 튀어나올 듯

목에는 갈증

발에 신발은 어디로 가고

머리칼은 휘날린 채 뛰고 뛰었네

집들을 지나

티로포메온 골짜기

백양나무 숲

삼각 모양 나무들에 몸을 숨기고

나는 한 송이 들에 핀 백합화

꽃이 말을 걸어왔지

두려워 말아요

당신은 아름다운 사람

당신은 아름다운 사람

한 송이 올리브 꽃

오늘 새 성전이 당신 몸에 세워졌지요

향기와 부드러운 목소리

시온의 성처럼 굳건하게

석류 빛 붉은 옷

피 흘린 죄벌에서

구원 받은 자여 당신은 들판의 수사자

당신 안의 사탄에게 호령하라

이는 이야르달과 시반달의 경계

밀을 타작마당으로

남종과 여종이

낱알을 터느라 온몸이 땀으로 젖을 적 기억

다윗 임금이 백이십여 명 사제들의 악단

사천여 명 성가대

나팔피리수금하프비파북손북자바라종

장엄했던 그 소리

들려오네 들려오네

로쉬 하 샤나…욤 키푸르…수꼿…하누카…푸림…

파스카…샤부옷

성전 문지기

창고를 지키고

성전을 고치고

빵을 만들고

봉헌 물을 받고

24개 조 구천구백여 명의 우리들

사제를 도와 섬겼던 그 성전

내 안에 다시 세워져

희생제물 봉헌 제단에 타오르는 불길과 연기

평화롭던 나날 어디로 가고

보니 눈앞에 펼쳐진 광야

나를 숨겨줄 곳

평화롭고 기쁨 넘치던 축제의 추억을 지니고

발걸음 가볍게

묶인 마음을 떨치고 불면의 우울에서 놓여

하늘 별빛 가슴에 품고 부드러운 흙을 밟으며

대지의 열정을 품고 바람과 숨쉬며

바람이 가르는 옷자락을 펄럭이며

내 주님의 산 그곳으로 가자

천사가 흔들면서
일어나 먹어라
갈 길이 멀다
그는 또 먹고 마셨네

음식과 잠으로 휴식을 얻은 그
밤낮으로 사십 일을 걸었네
머나먼 길
홀로 걸어서 다다른 하느님의 산
호렙으로 갔네

호렙의 동굴에 이르러 밤을 지냈네
그 때에 주님이 말씀하셨네

엘리야, 여기에서 무엇을 하느냐

당신을 위해 열정을 다해
일해 왔나이다
당신 백성들은 그들 손으로
당신의 계약을 저버리고

당신의 제단을 허물고
당신의 예언자들을 죽였나이다
이제 저 혼자인데
그들이 저를 죽이려 쫓아오나이다

나와서 산 위
주님 앞에 서라

그 성성한 음성 들릴 때
그분은 지나가셨다네
크고 강한 바람이 산을 할퀴었네
그 분 앞의 바위를 부수었네
그러나 임은 그 바람 가운데에 없었네
바람이 지나고 지진이 일어났네
그러나 임은 지진에도 없으셨네
지진이 일어나고 불이 지나갔네
그러나 불 속에도 계시지 않았네
불을 지난 후
고요하고 한없이 부드러운 음성이 들렸네
그는 겉옷 자락으로 얼굴을 가리며
동굴 어귀로 비척이며 나왔네
한 마디 소리가 들려왔네

엘리야, 여기에서 무엇을 하느냐

당신을 위해 열정을 다해 일했나이다
당신 백성들은 당신의 계약을 저버리고
당신의 제단들을 헐었고
당신의 예언자들을 칼로 쳐 죽였나이다
이제 저 홀로 남아
탕녀 이제벨이 제 목숨을 가지러 뒤쫓나이다

길을 돌려
다마스쿠스 광야로 가거라
거기에 가거든
하자엘에게 기름을 부어
아람 임금으로 세우고
님시의 손자 예후에게 기름을 부어
이스라엘 임금으로 세워라
아벨 므홀라 출신 사팟의 아들 엘리사에게
기름을 부어 네 뒤를 이을 예언자로 세워라
나는 이스라엘에서
바알에게 무릎 꿇지도
입 맞추지도 않은 칠천 명을 남겨 두겠다

아아 주님 당신은 누구이십니까

어둠 속에서도 빛이신 분

풀 한 포기 자라지 않는 바위틈에서

이 몸을 숨기며

작은 샘에서 목을 축이며

꺼져가는 목숨을 이어온 나

주여 당신이 이 작고 보잘것없는 인간에게

당신의 위업을 맡기시나이까

마소서 주여

저는 힘이 다하였나이다

일어날 힘마저 없는 이 몸이외다

그러니 이대로 누웠다가 차라리 이름도 없이

이 광야에서 죽게 하소서

올리브 꽃처럼 희고 향기로웠던 아내가 죽고

그 태에서 나온 자식마저 데려가신 당신이 아니옵니까

저에게서 속한 모든 걸 앗아가신 당신을

제 집안에서 쫓겨나온 제 처지를

당신은 정녕 모르십니까

기구한 제 인생 그 어디에도 없나이다

대대로 하느님 섬기는 레위 집안에서 태어나

어릴 적 당신을 섬기는 부모 밑에서 자라

성전에서 살았던 저에게

세상일은 한낮 성전 밖의 일
아무것도 할 줄 아는 것 없이
아비와 어미의 섬기는 일만 보고 듣고 자라왔을 뿐
결혼도 부모가 맺어준 집안의 여인을 맞아들였고
네 제 인생은 순탄했지요
순한 양처럼 잘 커온 나
반항하는 염소들의 뿔 대신에
순한 양떼처럼 털을 달고 풀을 찾아다녔지요
잊을 수 없는 내 여인은
같은 레위 집안 중에도 이름난 집안의 여인
긴 머리 타래와 흑진주처럼 반짝이는 눈
오뚝한 코와 붉은 석류 입술에
목소리는 제금이 울리는 소리 같고
축제 때 흰 아마포를 걸치고
머리에는 월계수 장식에다
허리에는 금빛 띠를 두르고
어여쁜 성전의 여인네들과 행렬을 지어 걸어올 때
그 모습 빛나는 눈동자에 붉은 사과 얼굴
옷깃은 미풍에 흔들리며 훈 향내가 나
아득해지는 황홀함
그 때 제 아내를 사모하였죠
집안 어른들의 주선으로 아내를 맞아들이던 날

신부의 집으로 들어가는 저녁 행렬에

친지들과 늠름한 친구들

그녀를 데리러 갔지요

예루살렘 성전 끝 꼭대기에 해가 기울고

땅거미 지는 저녁에

나의 아버지는 그녀의 아버지께 금을 주었지요

우리들의 풍습으로

일 년의 약혼 기간을 거쳐 우리는 하나가 되었지요

그녀를 우리 집으로 데려오던 날

베일을 쓴 그녀는 아리따운 처녀들과

그녀의 집을 나와

나의 친척들과 친구들과 함께 행렬을 이루었죠

그 저녁 어둡던 골목은 횃불로 밝혀지고

음악에 맞추어 노래 부르며 우리는 걸었죠

그녀와 나는 나란히 서서 눈이 부신 성장으로

친척들과 친구들과 마을 사람들에 둘러싸여

우리 집으로 왔지요

혼인 잔치는 일주일 동안

창고에 넣어둔 포도주가 동이 날 정도로

집안사람들과 섬기는 분들

친구들과 마을 사람들

모두들 흥겹게 술잔을 들고 고기를 먹으며

즐거운 시간을 보냈지요

모두들 우리를 위해 기구해 주고

주인공인 우리를 부러워하였지요

그래요 그때까지만 해도

삶에서 제게 시련이란 없었나이다 주여

그녀와 보냈던 첫날밤을 잊을 수 없지요

별들이 노래하고 하늘의 달이

휘영청 밝은 날

밀이 익어가는 계절의 눅눅한 공기 속에

우리의 사랑도 여물어 풍성한 수확을 거두었지요

아침에는 태양빛에 빛나는 이슬

샘터에 퐁퐁 솟아오르는 물처럼

그녀와 나의 사랑이 만들어낸 행복은

온 동네 사람들과 집안을 적셔주었지요

일주일 동안 흡족하게 사람들 마음은

젖어들었고 충만했던 그날들

레바논의 향백나무는 짙푸르고

그 숲속에 가면 짙은 향기가

코를 찌르던 계절

아주까리는 키가 크게 자라고

하늘은 맑디맑은 날

무화과가 익어갈 무렵

포도 넝쿨에는 포도송이가 꿈을 꾸고

우리는 왕과 왕비처럼 칠보로 장식한 채

금실로 여인네들이 수놓은 휘장 아래

자리 잡고 앉았지요

비파나 수금을 뜯고 피리 불며

그 가락에 맞추어 흥겹게 부르는 노래

포도주에 취해 사람들은 웃고 즐기는 마음에

복이 가득 하였지요

그런 나날들도 잠시

왜 당신은 내 사랑하는 여인을 앗아갔나요

아내가 낳은 아기도 죽고

우리의 혼인은 끝이 났지요

그 빛나던 나날이 광야의 거친 땅이 되어

지나간 나날들은 흔적조차 없이

내가 언제 그곳에 존재했던가

한숨처럼 추억은 나를 울려오네요

내 여인의 고운 손과 우윳빛 살갗이

이 혹독한 시련기에 나를 감싸는 것은

그녀의 열정이 저승에서도 나를 살리는 건

당신이 나를 살리는 것과 같지요

작은 언덕 같은 두 젖가슴으로 황홀했던 그 밤을

잊을 수 없는 환영처럼

나는 그 때 잠시 당신을 잊었나이다

당신은 질투의 하느님

나에게서 그녀를 빼앗아 가실 때

그녀는 산고로 울부짖다 마지막 숨을 몰아쉬고

땀으로 온 육신이 젖어 축 늘어질 때

주여 차라리 저를 데려가셨길 원했나이다

그렇게 내 올리브 꽃은 떨어지고

내 정열의 한 점이 차디찬 시신으로

내 품에서 죽음의 신이 앗아갔을 때

아득해지는 정신을 끌어 잡으며 발버둥 쳤지요

아내도 태어난 아기도 내 곁을 떠나고

나는 외톨이가 되었지요

잇단 불행에 제단에 나가

더 이상 섬길 수 없는 몸이 되어

슬픔과 비탄 속에서 아무 것도 먹지 못하고

죽음만을 갈구하며 누워있었지요

차라리 그 둘을 따라 죽은 게 낫다고

가슴을 치며 울부짖을 때

하느님 당신은 그 고통의 밑바닥에서

정신이 희뿌옇게 가느다란 실타래처럼 일렁일 때

어느 순간 고요 속에서 들려왔지요

엘리야야 일어나거라 일어나거라

걷고 걸으면 묶인 마음에
바람이 생령을 길어
해방과 자유의 선물을 안기지

걷고 걸으면 묶인 마음에
햇살이 생령을 길어
사랑과 생명의 선물을 안기지
삶과 죽음을 넘어
이승을 지나 피안으로 건너는 길
가벼워진 영육으로
길을 가는 사람
달릴 곳까지 마저 달리는 이 사람을 보라

호렙에서 다마스쿠스로 가는 길
열두 겨릿소를 끌고 밭을 가는
엘리사를 만난 엘리야
겉옷을 그에게 걸쳐주었네

자신 안의 열두 겨릿소를
무겁게 끌던 엘리사
하느님의 사람이
그를 불렀네

열두 굴레를 빗어 던지고
엘리사는 소를 잡아 제물로 바쳤네
쟁기를 부수어 고기를 구워
고향 사람들과 나누어 먹었네
구원의 기쁨으로 일어나
엘리야를 따르며 시중을 들었네

새 삶은 자기 안의 열두 겨릿소를
속죄 제물로 바쳐야 한다
새 삶은 쟁기를 부수고
뒤돌아보지 말아야 한다

열린다 구원의 문이
어제와 다른 새로운 인간이
걸어가는 새 삶

그 후 아합 왕은 어떻게 되었을까
주님의 예언자 미카야의 말을 듣지 않았네
치드키야와 거짓 예언자들에 속아
아람 군을 치려고 변장을 하여 전투에 임했으나
라못 길앗에서
한 병사의 무턱대고 쏜 화살에 맞았네

치열한 전투로 병거를 돌릴 수 없어
온종일 병거에서 피 흘리다
저녁에 전사했네
사마리아에 임금의 시신을 묻고
연못가에 피 묻은 병거를 씻으니
개들이 그 피를 핥았고
창녀들이 그 물에서 목욕했다네

아합 임금은 나봇의 포도밭을 빼앗고
그를 죽인 자
이제벨의 모략으로 불량배들에게
돌에 맞아 죽은 억울한 나봇
개들이 나봇의 피 핥던 그 자리에
네 피도 핥을 것이라는 말씀이 이루어졌네

제6부

작
별

작별

이제는 혼자가 아니라
둘이서 가는 광야의 길
주님을 따르는 길
이리로 가라 하면 이리로 가고
저리로 가라 하면 저리로 가야 하는 길
순한 어린 양처럼
속죄 제물 되어
털을 깎이는 양처럼 말없이 따르네
어리석은 임금의 어리석은 영도
그 끝은 무엇이었나
인간의 생에 기쁨 대신 슬픔이
화관 대신 재가 되어
허망하게 파멸하는 길에서 돌이켜
늦지 않은 참 진리의 길로
새 사람이 되어 가는 길
죽기까지 하느님의 예언자는 용감하였네
많은 고난의 밤이 지나고
주께서 엘리야를 불 회오리바람에 실어

하늘로 들어 올리실 때가 왔도다

엘리야와 엘리사는
길갈을 떠나 베텔로
베텔을 떠나 예리코로
마침내 요르단 강으로 왔다
엘리사는 자신을 뿌리치는 스승을
끝까지 따라갔네

주께서 살아계시고 스승님께서 살아계시는 한
저는 결코 스승님을 떠나지 않겠습니다

베텔의 예언자 무리도
예리코의 예언자 무리도
모두 알았네
주께서 엘리사로부터
그의 스승 엘리야를 데려가려 하신다는 것을
엘리사도 알고 예언자 무리들도 알았네
두 사람은 함께 마지막 길을 떠났네
예언자들 무리 가운데 쉰 명도 따랐네
그들의 말없는 행렬
거룩한 스승과 충실한 제자가

요르단 강 가에 멈추어 서자

예언자 무리도 멀찍이 멈추어 서서

두 사람을 지켜보았네

척박한 대지에 어머니의 젖줄인 요르단 강

이 물을 먹고 생명을 얻고

이 안에서 물고기를 잡아먹을 걸 구하고

이 물에 몸을 담가 속죄 받고

새 사람이 되어 올리브 꽃처럼 향기와

장미의 아름다움을 지닌 인간이 되어

새 하늘 새 땅을 만들고자 맹세했던 강

한없이 맑고 투명한 강가에서

그들은 무엇을 지켜보았는가

엘리야를 데리러 오시는

야훼 하느님이 나타나셨음이라

엘리야가 겉옷을 들어 말아가지고 물을 치니

강은 이쪽에서 저쪽으로 갈라져 바닥을 드러내고

두 사람은 가운데 난 마른 땅을 밟고 강을 건넜네

강을 건넌 후 엘리야는 엘리사에게 말했네

우리 주께서 너에게서 나를 데려가시기 전에

내가 너에게 해주어야 할 것을 청하여라

스승님 영의 두 몫을 받게 해 주십시오
엘리사는 청하였네

너는 어려운 청을 하는구나
주님께서 나를 데려가는 것을
네가 보면 그대로 되겠지만
보지 못하면 그렇게 되지 않을 것이다

그들이 이야기를 나누면서 계속 걸어가는데
하늘에서 갑자기 불 병거와 불 말이 나타나서
두 사람을 갈라놓았네
엘리야는 불 회오리바람에 실려 하늘 높이 올라갔네
엘리사는 소리쳤네

나의 아버지, 나의 아버지!
이스라엘의 병거이시며 기병이시여!

엘리사는 엘리야가 눈에서 사라지자
자기 옷을 움켜쥐고 두 조각으로 찢었네
그리고 엘리야에게서 떨어진 겉옷을 집어 들고
되돌아와 요르단 강가에 섰네

주 엘리야의 하느님께서는 어디에 계신가

하고 물을 치니 양쪽으로 갈라지는 물
엘리사는 강을 건넜고 예언자 무리들은
엘리야의 영이 그의 제자에게 내렸음을 알았네
예리코의 예언자 무리는 엘리사에게 졸라
사흘 동안 엘리야를 찾으러 장정 쉰 명을 보냈으나
어느 산 위에도
어느 골짜기에도 엘리야는 없었네

에필로그

동이 터오는 창가에서
시인은 무엇을 보는가
그의 눈은 바라본다
고요히 찾아오는 새 아침에
여는 역사를

어디로 가는가
한 사람이 오고
한 사람이 갈 때는
하나의 해가 지고
하나의 달이 진다

어디로 가는가
정처 없이 머물 곳을 찾아가는 이여
오늘은 이름 없는 한 시인의 곁에서
머물러 다오
한 사람이 오면
한 사람이 오면

하나의 세계를
하나의 세계를 부려놓는다

한 사람이 가면
한 사람이 가면
하나의 세계가
하나의 세계가 사라진다

우리가 떠나면
우리가 떠나면
너희들은
너희들은
어떻게 남느냐

아합이 아람 군 병사가 쏜 화살에 죽고
이제벨의 주검도 이즈르엘 평야에서
개에게 뜯어 먹혔네
엘리야와 엘리사의 시대가 가고
먼 훗날
이스라엘 백성은
우상에 눈멀었던 이스라엘 백성들은

거대한 성전이 무너지고야

참 진리가 보였다네

육신의 눈을 잃으면

마음의 눈을 얻네

성전의 모퉁이 돌

하나도 남지 않았을 때

이스라엘 백성은 그들의 나라를 찾기 시작했네

바빌로니아에 끌려가

현인들과 율법학자들과 제사장들이 끌려가

남의 나라 남의 땅에서

굴욕을 겪으며

바빌론 강가에서 울었네

시온을 그리며 울었네

암사슴이 시냇물을 찾듯이

그들의 하느님을 찾았다네

성전을 잃고

잃은 나라를 찾아 헤매었네

참 진리를 찾아 울부짖었네

우상보다 못한 그들의 하느님

이웃나라 이방신을 섬기며

남유다 북이스라엘로 갈라져

서로 싸웠지

바빌론 사람들이
시온의 노래를 부르라면
차라리 내 혀가
입천장에 붙으라며 맞섰다네
유배지의 이방신 믿는 백성이
시온의 임금님을 모욕했기에
그 땅에서는 시온의 노래를 부르지 않았다네

그 백성들은 숨어서
모세오경을 파피루스에 쓰면서
처절하게 가슴을 치며
망국의 역사를 썼다네
자기 나라말로 망국의 역사를 썼다네
남의 나라 남의 땅에서
숨어서 썼다네

요르단 강에서
흐르는 물을 바라본다
심연의 깊이에 이스라엘의 역사는
침묵 속에서도 흐른다
물결의 숨이 뛰어오르거나
잠잠해지는 걸 본다

황혼에 젖은 강 건너에
하늘에서 무엇이 내려오는가
불 병거를 이끄는 불 말이
노을 속에서 미끄러진다
자꾸만 강물에 내리는 그 환영
피안에 이른 엘리야를 찾는다
시대의 위기를 온몸으로 구해낸 사람
옛 예언자의 펄럭이는 옷자락에
손을 대고 너희는 무얼 바라느냐
한 전설의 인간이 비극을 딛고
온몸을 바쳐 지상과 천상을 이어
섬겼던 진리의 제단에서
한없는 열정과
한없는 평화가
강 건너 희끄무레한 인간의 집들에
빛으로 내린다
민족은 갈라져 싸우고
외세에 기대어 욕망하는
눈먼 권력가들
나라 사람들은 기다린다
시대의 암흑을 걷어줄 예언자를
언제 그 사람이 또 올 것인가

어느 나라 어느 민족이
둘로 갈라져 대국을 이룬 적 있었던가
남과 북이 하나가 되어
참 진리로 눈을 뜬 사람들이
누리는 가나안 복지를
가져올 예언자
가뭄 끝 단비 기다리듯
전장의 길가에서 고대하네

해설

새로운 세계의 도래를 기원하는 '메시아주의'

이성혁 문학평론가

1

심종숙 시인은 열정적인 시인이다. 시에 대한 열정뿐만 아니라 정의로운 나라의 도래에 대한 열정을 갖고 있는 시인이다. 정의에 대한 요구는 그의 깊은 종교적 열정과도 통한다. 종교와 정의로운 세계에 대한 열정이 시에 대한 열정과 결합하여 심종숙의 시가 생성된다.

특히 한 권의 시집 분량으로 내놓은 이『엘리야 전』은 정의로운 세계에 대한 종교적 열정이 선명하게 드러나는 시집이다. 시집은 성경『열왕기상』17장에서부터『열왕기하』2장까지 등장하는 엘리야의 행적을 그려내는 데 충실하지만, 「머리말」에서 시인도 말하고 있듯이 엘리야의 행적을 통해 현재 한국 현실의 문제를 암시적으로 드러내고 비판한다는 의도를 품고 있다.

시인은 「머리말」에서, "제 나라 백성들에게 이방신을 강요하며 타락시킨 북이스라엘 왕이 그간의 우리나라의

권력자들과 크게 다를 바가 없다는 생각을 하였다"고 말한
다. 이러한 유추는 남북으로 갈라져 있는 우리 시대가 남
유다와 북이스라엘이 갈라져 있었던 엘리야의 시대와 유
사하다는 점에서도 성립될 수 있다고 시인은 생각했을 테
다. 이 상황적 유사성 아래에서 시인이 엘리야를 호출한
것은 결국 "민족의 분단이나 전쟁 위기에서 구원해줄 새로
운 영웅을 기다리는 마음"에서다. 그러나 엘리야의 시대를
돌아본다는 일은 다만 현재의 한국 상황과의 유사성만이
아니라 인간 사회의 일반적인 문제와도 연결된다. 아래는
「프롤로그」의 부분이다.

  인간의 싸움은 그치지 않고

  세계는 전장

  승자도 패자도 없는

  소리 없는 전장 속에서

  다만 허공에다 대고 칼을 겨누었을 뿐

  그 허공은 그의 마음에 뚫렸던 빈 자리였다네

  어리석은 자들이여

  뚫린 거기에 너는 무엇을 채우려고 했느냐

  우상들을 만들어 세우고 스스로 경배한 자여

  칼로 쳐내거라

  우상들을 부수어라

"인간의 싸움은 그치지 않"는다는 시인의 진술은 현재에도 여전히 유효하다. 전쟁은 국가와 국가 차원에서만이 아니라 국가 안에서도 전 세계적으로 일어나고 있다. 모든 곳이 '전장'이 되었다. 서로가 서로를 헐뜯는 이러한 싸움에는 "승자도 패자도 없"다. 다만 '우상' 숭배에 갇혀 일어나는 싸움이기 때문이다. 우상 숭배란 거짓된 무엇을 믿는 것, 허공에 불과한 것을 무엇인가 있다고 믿는 것을 말한다. 그것은 결국 거짓에 의탁한 삶, 거짓된 삶이다. 우리 시대 역시 우상 숭배의 시대다. 많은 현대인들이 우상이 이끄는 대로 삶을 살아가고 있기 때문이다.(우리 시대 강력한 우상을 예로 들자면 돈과 권력이다.)

이 우상을 '이데올로기'라고도 할 수 있을 것이다. 사람들은 자신이 만든 우상들을 "스스로 경배"하면서 이데올로기에 빠진다. 이 우상―이데올로기―에 대한 믿음으로 행해지는 싸움은 결국 "허공에다 대고 칼을 겨누었을 뿐"이다. 우상은 사람들의 "마음에 뚫렸던 빈 자리"일 뿐이기 때문이다. 우상숭배―이데올로기―는 현재 더욱 심각하게 전세계적으로 퍼져 있다. 특히 우리 시대의 '우상숭배'는 우리가 무엇을 숭배하는지도 모른 채 숭배한다는 문제가 있다. 그래서 엘리야의 호출은 한국만이 아니라 우리 시대의 전 세계적인 현재적 문제와 관련된다. 시인은 단호하게 "우상들을 부수어라"고 명하는데, 이는 엘리야가 그의 시대 백성들에게 준엄히 말했던 말이기도 하다. 이 말은 현재 전 세계의 모든 이들이 새겨야 할 말인 것이다.

「프롤로그」를 좀 더 읽어보자. 시인은 여기서 "너를 지배하는 우상과 싸우지 않으면/너는 영원한 노예"라고 말한다. 우리 시대 많은 이들이 편한 삶을 자유로이 영위한다고 생각할 수 있으나, "영적 굶주림으로/끝없이 갈증을 느끼며" "절망의 굴에서 누군가의 손길을 기다"리고 있는 것도 사실이다. 전쟁 위기 속에서 내부적인 전쟁이 일어나고 있는 한국인은 더욱 그러하다. 하지만 종교적인 열정을 가지고 있는 시인은 구원이 도래하리라고 믿는다. "우상의 어둔 밤들은 지나가고/하늘을 받드는 흰 자루 옷 입은 이가/저 먼 곳으로부터 다가"오고 있다고, 바로 구원자가 오고 있다고 말한다. 이 "흰 자루 옷 입은 이"는 예수일 수도 있겠지만, 여기서는 이 시집의 주인공인 엘리야라고 보아야 할 것이다.

여하튼 그는 "묶인 올가미를 풀고/사슬을 끊으시는 분"이며, "이제 온 새 삶을/마침내 꽃 피우게 하는 사람"이다. 다시 말해 그는 해방자이다. 「프롤로그」는 이 해방자의 도래에 대한 믿음이 시인이 '엘리야 전'을 쓰게 이끌었을 것이다. 필자는 종교를 갖고 있지 않지만, 신학과 정치의 접목이 중요하다고 생각하는 사람이다. 이러한 '메시아주의'는 영혼 없이 말라가는 이들에게 샘물과 같은 역할을 할 수 있다고 생각한다. 우상을 파괴하기 위해서는, 이데올로기의 족쇄로부터 벗어나기 위해서는, 이 '메시아주의'의 힘이 필요하다. 시집 『엘리야 전』은 '메시아주의'를 전파하기 위한 책이다.

2

『엘리야 전』은 성경 〈열왕기〉의 전개를 충실히 반영하여 형상화하는 경우와 시인의 상상력에 따라 창작한 부분이 얽히며 전개된다. 1부 「왕국 분열」은 다윗의 아들 솔로몬의 치세 동안 나라가 어떻게 타락해갔으며 결국 분열에 이르게 되었는지를 성경의 기록에 따라 형상화하고 있다. 이와 동시에 이 분열과 더욱 타락해가는 두 나라의 상황으로 인해 겪게 되는 백성의 고통을 시인의 상상력으로 형상화하여 보여준다.

신으로부터 사랑받아왔던 솔로몬은 외국 여자를 사랑하게 되어 이방의 신에 마음을 빼앗긴다. 우상을 숭배하기 시작한 것이다. 이방의 신을 위한 신전을 짓고 이를 위해 부역을 소집한다. 시인은 부역으로 인해 고통 받는 사방의 백성들에 대해 묘사하는데, 이는 권력에 의해 언제나 고통 받아왔던 사람들의 전형적인 묘사이기도 하다. 솔로몬의 죽음 이후 그 아들 르하브암이 백성들에게 "내 아버지보다 더 무거운 멍에를 지게 하겠소"라는 말에 "통탄한 백성들"

이 "다윗 집안에 반역"하면서 "전쟁과 모반"이 시작되고 북이스라엘과 남유다로의 분단이 이루어진다. 이 분단 장면은 한국의 분단을 생각하게 해서 더욱 주목되는 부분이다.

두 왕국의 왕들은 상호 살육, 또는 내부에서의 모반에 의해 온전한 삶을 살지 못한다. 이는 모두 야훼 신을 따르지 않고 다른 신의 금송아지 우상을 섬긴 것에 따른 신의 보이지 않는 응징이라고 할 수 있다. 보이지 않는 신성에의 귀의가 아니라 눈에 보이는 돈과 권력—금송아지가 상징하는—의 우상에 심신이 빼앗겨 살육에 이끌린 것이다. 더 큰 문제는 이러한 분단과 살육에 의해 고통 받는 백성의 삶이다.

백성들의 마음은
흩어지는 양떼 같았네
넓은 초원에 의지할 곳 없이
흩어지는 양떼
서로 의견이 안 맞아 뿔로 박고
서로 양보 없이 물어뜯고
서로 먹이를 차지하려 싸우고
약한 양이 강한 양에게 먹히고
강한 양이 약한 양을 지배하고
이리저리 흩어지고

고향과 제 나라를 떠나

머나먼 광야를 지나

이리저리 흩어졌네

어떤 구심점이 없이

중심에서 이탈하여

하염없이 외부로 떠돌았네

　타락하고 쪼개져버린 나라에서 고통 받는 건 백성이다. 이는 한국의 역사가 잘 보여주지 않는가. 한국인들의 마음도 저 이스라엘 백성들의 그것처럼 "흩어지는 양떼"처럼 "의지할 곳 없이" "이리저리 흩어졌"어야 했다. 구심점이 없고 다만 우상이 지배하는 세상은 약육강식의 살벌한 세상이 되어버린다. "서로 먹이를 차지하려 싸우고" "강한 양이 약한 양을 지배하"는 세상. 신성은 땅에 떨어졌으며 마음은 고향을 잃고 광야를 떠돌다 결국 우상의 감옥에 갇혀 신음한다. 위의 인용 부분 밑에서 시인은 "동족끼리 칼을 겨누는 이 땅에서/백성들은/대체 왜 이런 나라에 태어났나"라고 탄식한다고 쓰고 있는데 동족끼리의 살육을 경험하고 분단의 고통을 알고 있는 한국인들은 이 탄식이 바로 자신의 것이라고 생각할 것이다.

　1부 「왕국 분열」은 "온 공동체가 들뜨던 평화로운 날들/어디로 갔느냐", "언제까지 기름 바르지 않은 몸으로/

탄식의 흐르는 눈물을 닦아야 하느냐"라는 백성들의 탄식으로 끝난다. 엘리야는 2부 〈기근의 땅〉에서 본격적으로 등장한다. 2부의 앞부분은 엘리야에 대한 간략한 소개와, 그가 대적해야 하는 아합 왕과 그 아내인 '탕녀' 이제벨에 대한 소개가 이루어진다. "바알 신전 제단을 세"우고 "남신의 짝 아세라 목상 만들어 경배"하게 한 이제벨은 "거짓 예언자 수백 명을 먹여 살"리며 "바알의 신전에서 우상숭배를 전파"한 인물이다.

2부는 〈열왕기상〉 17장 맨 앞부분, 엘리야가 아합에게 북이스라엘이 기근의 심판을 받게 된다고 전달하는 장면을 확대하여 설명을 덧붙이고 형상화 한 부라고 하겠다. 그런데 2부에서 엘리야에 대한 시인의 소개가 썩 강렬해서 주목된다. 엘리야는 "사랑의 불 회오리 바람을 가슴에 품은 사람"이며. "그의 불로 백성들은 거룩해지고/그의 불로 힘없는 자들이/희망을 얻었"다는 소개다. 엘리야는 불과 밀접한 관련이 있는 예언자다. 〈열왕기상〉 18절에서, 그가 바알과 아세라 선지자들과의 대결에서 신의 권능을 보여 달라는 호소를 신에게 보내자 신이 불로 자신의 존재를 보여주기도 하고, 〈열왕기하〉 1장에서는 아합의 아들 아하시야가 산꼭대기에 있는 엘리야를 내려오게 하기 위해 보낸 병사들을 불로 물리치기도 한다. 또한 〈열왕기하〉 2장에선 엘리야가 불회오리를 타고 승천할 때 '불수레'와 '불말'

이 등장한다. 그런데 시인은 이 불을 '사랑'으로 해석한다. 사랑이야말로 백성들의 마음에 거룩함을 소생시키고 희망을 갖게 해주기 때문이다. 이 사랑에 대해선 이 글 뒤에서 다시 논할 것이다.

한편, 2부에서 묘사하는 '기근의 땅'은 상징적인 의미를 가지면서도 현실적인 실감도 주기에 인용해서 읽어보기로 하자.

포도 확에서 쏟아져 나오던 포도즙도 없이
포도즙을 넣을 통도 없이
창고에 넣어 발효할 일도 없이
사람도 짐승도 목이 마른 갈증뿐
올리브나무도 말라갔으니
올리브 열매 맺지 않아
압착 기계에 넣을 올리브 열매도 없어
압착 틀에서 번져 나오는 기름도 없어
목욕 후 아가의 몸에도 발라줄 수 없고
여인의 향기로운 살갗에도 바를 수 없구나

기근은 어떠한 수확도 할 수 없게 만든다. 포도알도 없고, 포도즙도 없으니 남는 것은 갈증뿐이다. 올리브 열매도 맺지 않으니 몸에 바를 기름도 없다. 신이 주신 선물들

인 이 열매들이 얼마나 고마운 것인지 사람들은 고통 속에서 깨닫는다. 마음의 기근은 어떨까. 마음이 광야를 떠돌게 된다면, 또는 그 자체가 기근의 땅이 되어버린다면. 그래서인지 현재의 우리가 먹을 것 걱정 없이 산다고 하더라도, 위의 인용 부분은 우리의 마음에 육박해 들어오는 절실함이 있다. 많은 현대인들이 마음의 기근을 겪으면서 살고 있기 때문이다. 그래서 현대인들 역시 구원을 원한다. 하지만, 현대인들도 엘리야 시대의 백성들처럼 바알과 같은 우상에 기대어 구원을 기대한다. 그리고 그럴수록 더욱 마음은 기근에 빠져드는 것이다.

3

3부 「사렙타의 여인」은 〈열왕기상〉 17장을 비교적 충실하게 전달하는 부분이다. 하느님은 아합 왕에게 기근의 예언을 전한 이후 그릿 시내가로 몸을 피한다. 하느님은 엘리야에게 까마귀를 통해 빵과 고기를 먹이신다. 그 후 하느님은 엘리야를 사렙타로 보내시고는, 먹을 것이 떨어져 절망에 빠진 사렙타의 과부와 그 아들을 먹여 살리신다. 그녀의 아들이 죽는 재앙이 일어나지만, 엘리야는 하느님께 호소하여 아들을 다시 살려낸다. 이 에피소드가 전개되는 3부는 성경의 내용에 구체성을 더하면서 시인의 시적인 해석이 이루어지고 있다. 그런데 그 과부가 하느님으로부터 구원받을 수 있었던 것은, 거지와 같은 모습이었을 엘리야가 그녀를 찾아가서 먹을 것을 요구했을 때 "마지막에 지닌 것을 내어놓은 여인의 용기"가 있었기 때문이다. 그 용기란 타자에게 자신을 내놓을 수 있는 마음, 타자를 사랑할 수 있는 마음이다.

3부는 구원이란 무엇이며 누구에게 어떻게 이루어지는지 보여주는 부분이라고 할 수 있다. 왕족이나 귀족과는 비교할 수 없이 비천한 신분의 여인. 그러나 하느님은 이러한 여인의 마음에 사랑이 있음을 아시고 구원을 행하신다. "하느님의 사람이/가장 비천한 여인에게 왔"던 것. 그런데 구원은 그녀에게 먹을 것이 생겼다는 데에만 있는 것은 아니다. 이 성경의 이야기들이 마음에서 벌어지는 일들의 알레고리임을 시인은 늘 생각한다. 그렇기에 시인은 구원을, 여인을 사로잡았던 두려움, 죄책감, 고독 대신에 자유와 당당함, 충만감을 갖게 되어 "퀭했던 눈이 생기로 반짝이고" "입술에는 노래가/볼에는 홍조가 돌아"온 것으로서 보여준다. 구원은 마음의 자유를 얻는 것, 삶의 당당함과 충만함을 되살리는 것에서 온다. 기근으로 말라붙은 마음은 그렇게 해방된다. 3부의 마지막 부분을 옮겨 다시 읽어본다.

    가난하든 부유하든

가진 걸 내어놓고 그를 맞으면

하느님은 그와 함께 하네

그와 함께 하시는 하느님이

그를 맞아준 이의 처지를 그냥 두시겠는가

그의 처지를 아시는 하느님은

가장 가련한 이로

그분의 권능을 드러내신다네

사렙타의 이름 없는 여인은 누구인가

그 이름 없는 여인은

엘리야의 하느님을 굳게 믿었네

자신의 우상 신상을 부수고

그녀는 엘리야의 하느님을 믿었네

지아비를 잃은 상처

지아비를 잃은 고독

홀로 외아들을 키운 고뇌로부터

사람들의 괄시와 천대에서

그녀는 놓여났네

엘리야의 하느님을 믿는 마음으로

그녀에게는 기근 속에서도

구원을 얻었네

가난하지만 자기가 가진 것을 내어놓을 수 있는 사람, 그는 엘리야로 상징되는 사랑의 불―하느님의 권능―을 받을 수 있는 자이다. 그는 사랑의 신, 하느님을 굳게 믿는 자이기에 구원을 얻을 수 있었다. 그렇기에 "우상 신상을 부수"었던 사람인 것이다. 상처와 고독, 고뇌, 괄시와 천대로부터 해방되는 것이 구원이다. 빵과 기름으로 상징되는 구원은 죽어가는 삶의 재생이다. 삶을 우상에 빼앗기지 않고 삶을 사랑의 불로 뜨겁게 회복하는 것이 구원이다. 그것은 바로 지금 여기의 우리들 역시 받아야 할 구원이기도 하다. 구원을 얻기 위해서는, 우리 역시 우상에서 벗어나 타자에게 자신을 줄 수 있는 사랑의 마음을 회복해야 할 것이다.

4부 「카르멜 산의 대결」은 〈열왕기상〉 18장의 내용을 바탕으로 한다. 엘리야는 하느님의 명을 받아 아합을 만난다. 그는 아합에게 삼 년이 넘는 기근은 아합 왕조가 여호와를 버리고 바알을 좇았기 때문이라고 말하고는 바일 선지자 450명과 아세라 선지자 400명을 백성들과 함께 카르멜 산으로 올라오게 한다. 그리고 그곳에서 유명한 '카르멜 산'의 대결이 이루어진다. 이 대결을 통해 우상의 예언자들은 응징당하고 백성들은 하느님의 권능을 직접 목격하면서 하느님을 유일신으로 받아들이게 된다. 그리고는 가뭄을 끝내는 비가 내리는 것이다. 이 대결 과정에 대해서는 시집에 형상화되어 있으니 여기서 다시 언급할 필요는 없겠다.

그런데 이 4부는 시인이 그 대결의 드라마틱한 장면을 보여주는 데 집중하는 것이 아니라, 과연 하느님이란 누구인가를 제시하는 데 집중하고 있다는 점이 주목된다.(대결 장면의 하이라이트는 4부의 뒷부분에 제시된다.)

하느님이 누구신가
우주를 만드시고
인간을 흙으로 지으신 분
사람을 사랑하시는 분
부정부패
불의를 심판하시는 분
왕 중의 왕이시며
권세 있는 자도
그 자리에서 내치시는 분
최고의 참다우심
최고의 선하심
최고의 아름다우심

그 하느님은 보이지 않고
우리 마음에 계시며
사람과 사람을 통해

사람 안에 내밀한 것까지도

들여다보시는 분

그 사람들에게 사랑의 씨앗을 뿌려

사랑으로 결실을 맺게 하고야 마시는 분

흩어진 사람들을 하나가 되게 하시고

둘로 갈라진 나라와 민족을

하나 되게 하시는 분

갈라진 마음을 붙여주시고

상처 난 마음을 고치시며

두 마음이 하나 되어

사랑으로 행동케 하여

구원하고 살려내시는 분

시인에게 하느님은 마음에 존재하는 사랑이다. 그래서 보이지 않는 것이다. 보이는 우상을 섬기는 것에 대해 하느님이 격노하는 것은, 그것이 거짓을 믿으며 참 삶인 사랑을 저버리는 삶을 사는 것이기 때문이다. 사람들은 "풍요와 다산을 가져다주는 신", 우상만을 섬기려 한다. "율법학자와 사제들"은 보이는 우상에 대한 "섬김의 예식들"을 "잡도리하는 자들"이다. 이들은 백성들이 우상을 섬기게 함으로써 거짓에 빠뜨리는 불의를 행하는 자들이다. 하느님은 이 불의를 행하는 자들을, 그들이 "권세 있는 자"일지라도 "그 자리에서 내치시는 분"이다. 신은 사랑의 힘이지만, 평화를 사랑한답시고 현상을 그대로 두는 분은 아니다. 사랑이기 때문에 부정부패와 불의를 심판한다. 여기에서 정치학과 신학이 만난다.

율법학자와 사제들이 백성들로 하여금 우상을 믿도록 하는 것은 백성들이 부정한 현실을 그대로 견디고 그 현실에 저항하지 못하도록 하기 위해서다. 그들은 "우리들이 올리브를 키우고 거둬들여/손톱 밑에 피가 나도록 껍질을 까고 까서/기름틀에 넣고는 고혈을 짜듯/한 방울 두 방울 기름을 짜낼 때/우리들 몸의 피와 땀" 역시 짜내는 고통임을 알지 못한다. "여인들의 자식을 낳는 산고와" "자식과 집안에/살과 피를 먹"여야 하는 지아비의 노동의 고통을 말이다. 시인은 이 가난과 고역을 겪어야 하는 민중의 고통으로부터 해방을 가져다줄 분이 풍요의 신-자본이라고 할 수 있는-인 바알과 아세라가 아니라 사랑의 신인 하느님임을 선언한다. 그 해방은 사랑의 힘이 불의에 승리하여 그 불의를 심판함과 함께 이루어진다.

4

5부 〈광야에서〉는 흥미로운 면이 많다. 엘리야에 대한 시인의 순수 창작이 첨가되는 부분이 많기 때문이다. 5부는 '카르멜 산의 대결'로 우상의 선지자들이 죽임을 당한 후 이에 분노한 이제벨이 엘리야를 죽이려 하자 광야로 도주한 엘리야의 이야기가 펼쳐진다. 즉 〈열왕기상〉 19장의 내용이 주된 이야기다. 도주하는 엘리야는 탈진하여 여호와에게 자신이 죽기를 바란다고 아뢴다. 그러나 하느님은 죽음을 허락지 아니하시고 사자를 보내어 떡과 물을 먹이시며 하느님의 산 호렙의 한 동굴로 이끄신다. 그곳에서 하느님은 가시적으로 계시하는 것이 아니라 보이지 않는 작은 속삭임으로 계시하시며 엘리야에게 새로운 사명을 주신다. 이것이 〈열왕기상〉 19장의 내용이다.

그런데 5부는 위에서 말한 〈열왕기상〉 19장을 바탕으로 전개되면서도, 이와 함께 광야를 걸으며 지쳐가는 엘리야가 회상하는 과거를 보여주고 있어서 주목된다. 이 회상 장면을 통해 〈열왕기〉에는 볼 수 없는, 엘리야의 젊었을 때의 과거 삶이 서술되는 것이다. 시인의 상상력이 만든 이야기다. 엘리야는 아름다운 아내가 있었는데, 그녀는 아이를 낳다가 목숨을 잃었다는 것, 엘리야가 가장 행복한 시절이라고 할 아름다운 아내와의 결혼 장면이 제법 길게 서술된다. 이 아내를 엘리야는 깊이 사랑했는데, 그만큼 아내의 죽음으로 엘리야는 극심한 마음의 고통을 앓았으며 하느님에 대해 원망하는 마음도 갖게 되었다. 하지만 광야를 걷고 또 걸으면서, 그는 마음의 구원을 얻고 하느님의 부름을 받아들여 선지자가 되었다는 것이다.

아내도 태어난 아기도 내 곁을 떠나고

나는 외톨이가 되었지요

잇단 불행에 제단에 나가

더 이상 섬길 수 없는 몸이 되어

슬픔과 비탄 속에서 아무 것도 먹지 못하고

죽음만을 갈구하며 누워있었지요

차라리 그 둘을 따라 죽은 게 낫다고

가슴을 치며 울부짖을 때

하느님 당신은 그 고통의 밑바닥에서

정신이 희뿌옇게 가느다란 실타래처럼 일렁일 때

어느 순간 고요 속에서 들려왔지요

엘리야야 일어나거라 일어나거라

걷고 걸으면 묶인 마음에

바람이 생령을 길어

해방과 자유의 선물을 안기지

걷고 걸으면 묶인 마음에

햇살이 생령을 길어

사랑과 생명의 선물을 안기지

삶과 죽음을 넘어

이승을 지나 피안으로 건너는 길

가벼워진 영육으로

길을 가는 사람

달릴 곳까지 마저 달리는 이 사람을 보라

4부의 앞부분에서, 과부의 집을 떠나 위험할지라도 아합에게 돌아가라는 하느님의 명을 받고, 과부에게 정이 들었던 엘리야가 마음에 갈등을 일으키는 시인의 창작이 전개되는데, 5부의 엘리야의 과거 장면 역시 시인의 상상력이 만든 산물이다. 엘리야가 마냥 신성한 선지자가 아니라, 그 역시 마음 약하고 고통을 받았던 한 인간임을 보여주기 위해 만든 장면 아닌가 한다. 또한 사랑에 대한 진정한 깨달음은 극심한 마음의 고통을 극복하면서 일어날 수 있다는 의미도 담고 있는 장면이다. 그리고 이 장면은 긴 고통의 방황—광야를 걷고 또 걷는—의 끝에 이르러 "이승을 지나 피안으로 건너는 길"목에 있게 되었을 때, 영육은 더 가벼워져서 "달릴 곳까지 마저 달리는" 신의 전사로 다시 태어날 수 있다는 의미도 담고 있다.

하느님의 명에 따라, 엘리야는 "자신 안의 겨릿소를/무겁게 끌던 엘리사"를 자신의 후계인으로 삼는다. 엘리사는 자신의 쟁기를 부수고 소를 잡아 마을 사람들과 나누어 먹고는 두말 않고 엘리야를 따라 나선다. 이에 시인은 "새 삶은 쟁기를 부수고/뒤돌아보지 말아야 한다"는 주석을 단다. 엘리야도 하느님의 부름을 받아들이며 자신을 짓눌렀던 고통스러운 과거를 부수고 뒤돌아보지 않았을 것이다. 선지자는 엘리사처럼 "자기 안의 열두 겨릿소를/속죄 제물로 바치"며 어제의 고통스러운 삶으로부터 해방되고 구원받아 "새 삶"을 걸어가는 사람, 즉 "새로운 인간"이다. 시인이 엘리야와 같은 선지자가 이 땅에 오시기를 기원한다고 할 때, 그것은 자신의 삶 안에 그와 같은 선지자가 도래하기를, 즉 자신 역시 "새로운 인간"으로 다시 살기를 기원한다는 의미도 내포한다는 것을 여기서 짐작할 수 있다.

6부 「작별」은 〈열왕기하〉 2장 앞부분의 내용, 즉 엘리야가 엘리사와 함께 요르단 강을 가르고 건너가 하늘로 승천하는 장면을 담고 있다. 이 6부는 성경의 내용을 비교적 충실히 재현하여 형상화 한다. 요르단 강은 엘리야가 "새 사람이 되어 올리브 꽃처럼 향기와/장미의 아름다움을 지닌 인간이 되어/새 하늘 새 땅을 만들고자 맹세했던 강"이다. 새로운 생명을 받은 곳에서 엘리야는 이승의 삶을 끝내고 하느님에 의해 하늘로 올라간다. 불의 선지자인 그는 사랑의 불로 이스라엘을 새 땅으로 만들고자 했다. 그러나 그가 받은 사명을 생전에 다 이루지 못하고 남은 사명은 엘리사에게로 넘겨진다. 사명의 실천은 새로 등장하는 '새로운 사람'을 통해 지속된다. 이 마지막 부는 그러한 의미를 전달하고자 하는 부분일 것이다.

「에필로그」에서는 지금까지 그려진 엘리야를 둘러싼 역사를 바라보는 시인이 등장한다. "한 사람이 오면" "하나의 세계를 부려놓"고 "한 사람이 가면" "하나의 세계가 사라"지는 것을 보여주는 역사. 엘리야가 나타나 하나의 세계가 열리고, 그가 사라지자 하나의 세계가 사라졌다. 하지만 엘리사가 사명을 이어받았듯이 하나의 세계가 사라진다고 사명이 사라지지는 않는다. 사랑의 신이 내린 사명인 해방의 사명, 불의를 응징하는 사명 말이다. 엘리사가 엘리야가 받은 사명을 완수했다고 하더라도, 사명은 우상과 불의와 고통이 있는 한 새로운 선지자에게 새로이 내려질 것이다. 그래서 우상과 불의가 세상을 지배하는 우리 시대에도, 미래에 달성되어야 할 사명은 여전히 누군가에게 주어져 있다고 하겠다.

그 사명이 있기에 시인은 요르단 강물을 응시하면서 "심연의 깊이에" "침묵 속에서도 흐"르는 이스라엘의 역사를 투시하고, "피안에 이른 엘리야를 찾는" 것이다. "시대의 위기를 온몸으로 구해낸 사람"인 엘리야를. 시인은 우리 시대에도 해방의 길을 열 엘리야와 같은 선지자, 새로운 예언자의 도래를 노래하는 이로, 시집 마지막 부분에서 다음과 같이 기원하고 있다.

민족은 갈라져 싸우고

외세에 기대어 욕망하는

눈먼 권력가들

나라 사람들은 기다린다

시대의 암흑을 걷어줄 예언자를

언제 그 사람이 또 올 것인가

어느 나라 어느 민족이

둘로 갈라져 대국을 이룬 적 있었던가

남과 북이 하나가 되어

참 진리로 눈을 뜬 사람들이

누리는 가나안 복지를

가져올 예언자

가뭄 끝 단비 기다리듯

전장의 길가에서 고대하네.

하나의 나라가 분단되었던 엘리야의 시대처럼 현재의 한국 역시 분단되어 서로 싸우고 있다. 시인은 아합 왕조가 바알 신을 섬겼던 것처럼 "외세에 기대 욕망하는/눈먼 권력가들"이 지배하는 작금의 민족 분단의 시대를 '암흑'의 시대로 본다. 이 암흑을 걷어줄 예언자를 고대한다는 것은, "남과 북이 하나가 되"고 "가나안 복지"가 실현되는 한국의 미래를 기대한다는 것이다. 그것은 우상의 권력과의 싸움을 통해 이루어질 수 있다. 그 고대함이 "전장의 길가에서" 행해지는 것은 그 때문이다.

엘리야 전傳

초판 1판 1쇄 인쇄 2023년 10월 03일
초판 1판 1쇄 발행 2023년 10월 09일

지은이 심종숙
발행인 김소양
편 집 권효선
마케팅 이희만

발행처 ㈜우리글
출판등록번호 제321-2010-000113호
출판등록일자 1998년 06월 03일

주소 경기도 광주시 도척면 도척로 1071
마케팅팀 02-566-3410 **편집팀** 031-797-3206 **팩스** 02-6499-1263
홈페이지 www.wrigle.com

값은 표지에 있습니다.

ISBN 978-89-6426-107-1 03810

잘못 만들어진 책은 구입하신 서점에서 교환해 드립니다.